U0588542

月白风清时

刘艳军　著

团结出版社

图书在版编目（CIP）数据

月白风清时 / 刘艳军著. -- 北京：团结出版社，
2023.12
ISBN 978-7-5234-0884-1

Ⅰ.①月… Ⅱ.①刘… Ⅲ.①诗集-中国-当代
Ⅳ.①I227

中国国家版本馆 CIP 数据核字 (2024) 第 066702 号

出　　版：团结出版社
　　　　　（北京市东城区东皇城根南街 84 号　邮编：100006）
电　　话：(010) 65228880　65244790　(出版社)
网　　址：www.tjpress.com
E-mail：65244790@163.com
经　　销：全国新华书店
印　　刷：济南精致印务有限公司

开　　本：145 毫米×210 毫米　　1/32
印　　张：11.25
字　　数：280 千字
版　　次：2023 年 12 月第 1 版
印　　次：2023 年 12 月第 1 次印刷

书　　号：ISBN 978-7-5234-0884-1
定　　价：68.00 元
（版权所属，盗版必究）

前言：诗歌，不止是一味心药

文以载道，诗以言志。诗歌是文学瑰宝中的精华，是高度凝练的语言，智慧的结晶；是前卫思想的花朵，人性之美的灵光；更是人类璀璨明珠，是人生最纯粹的精神家园。

引言，不是诗歌，但可以让读者进入诗歌世界。我的第三部诗歌集《月白风清时》付梓之际，我把创作心得和心灵感悟分享给大家。说心里话，我酷爱文学，但文学和柴米油盐的生活是两码事。在三十多年的医疗生涯中，我置身于全科诊疗、预防保健，专注于耳鼻咽喉疾病的中西医结合诊疗工作。随时关注国际先进诊疗手段，立志要用精湛的医术，为病人解除痛苦，做一名人民的好医生。

我曾多次进修深造，学习专家名医治病绝招妙术。以扎实的理论功底和娴熟的临床技能，以中医特色结合现代化诊疗，总结应用了四代相传秘方验方的宝贵经验，创作发表了多篇耳鼻咽喉疾病论文，取得了很好的疗效，受到了同行的认可和患者的信赖，先后被评选为县第十七届和第十八届人大代表、中共菏泽市第十三次党代表、全县百名名医、全县最美医生、中华中医药学会中医耳鼻喉国际论坛专家委员会委员。并在全国学术会议上多次获奖，论文《鼻内镜下等离子治疗肥厚性鼻炎的临床研究》在全国中西医疑难奇症绝技治疗交流会上被评为最佳优秀论文奖，被载入《临床绝招汇编》和《世界名医宝典》中，并荣获"奉献绝招，造福人类"奖牌和荣誉证书。

2007 年作为特邀嘉宾参加了第一届世界华人耳鼻咽喉头颈外

科大会，这篇治疗鼻炎的论文在本次世界大会上进行了宣传交流，入选了大会《论文汇编》，并在大会上被增选为世界华人耳鼻咽喉头颈外科学会会员。

这些学术交流，让我开阔了视野，提高了医术，提升了中国乡村医生在世界上的形象。在工作中拼搏，虽然很努力，取得一点成绩，但我认为还不够优秀，我要挖掘自己的潜能，在本职工作基础上，发挥自己写作的特长。于是，我爱上了文学，恋上了诗歌。

在之前出版的《纯白的声音》和《白在白之内》两本诗歌集中，我曾在自序中写到：诗歌，是一味心药，诗歌拥有生活浪漫和岁月的美好，但在我这个医生的眼中，还应该具有某种疗效，它是一味药，一味拥有诚心和爱心的"心药"！

现在，我又要说，诗歌，不止是一味心药！之所以这么说，是因为古今中外，多少优秀的诗人，以其生花的妙笔，写下了无数优美的诗歌，经过时间的磨砺，这些诗歌已成为超越民族、超越国别、超越时空的不朽经典，叩击着一代又一代人的心灵，给人们以思想上和艺术上的双重享受和熏陶。

用诗歌在心田播下纯真浪漫的种子，让人世间的真善美生根发芽，成长为参天大树，更需要用浩瀚星空的诗歌煮字成药，或滋补、或调理、或救治、或匡护，让医者仁心的爱释放出巨大的正能量，燃起心灵的火焰，照亮并温暖他人。

爱写诗歌的灵魂是自由而高尚的。爱诗之人，在精神层面上都是富有者，可以贫困潦倒，可以居无定所，可以食不果腹，只要怀揣诗心，与诗歌相伴，就能在纷扰的世界中拥有那份纯粹和本质的愉悦。

我作为一名执业医生，工作繁忙，社会活动繁多，但我依然喜欢在忙碌之中，抽出时间舞文弄墨，吟诗讴歌，数年下来，竟得诗千余首。这些诗歌凝结了本人毕生的心血，万千才思都在笔尖汇聚，诸般智慧尽在文字间流转。一撇一捺，皆是生命的节律与时光的印证。

读者朋友也许会好奇于别具一格的书名，《月白风清时》《纯白的声音》和《白在白之内》，每一部诗歌集冠名都有"白"字，是因白既代表一种色彩，又代表纯洁、纯粹之美德和情操。本人作为医生，接触最多的是白色，白色能给病人带来信任感、宁静感和亲和力。

诗集冠名全部选用白为基调，既体现作者职业特征的同时，也是一种心灵的告白：大爱天下，医者仁心。双关和指代，让"白"这个常见词，变得陌生且富有张力和弹性，给读者以更多的想象空间。因稀少缘故，才会吸引读者关注，并与之产生共鸣，在诗坛并不罕见。

《月白风清时》高洁明志；《纯白的声音》，善音施播；《白在白之内》，思绪悠然。那袭素洁明净的白色工作服内，跳动着的一颗洁白无瑕、无私圣静的心。

经年修诗文，盛世勤研医。医者仁心，行仁爱之心，无愧于初心，无负于初心。诗者吟咏性情也，医者诗人融为一体，仁心与爱心融会贯通，生命的灵魂就会越来越高尚，时代的精神就会越来越富有。

我待清风如明月，明月深知我诗心。本着一颗仁爱之心，在工作繁忙之余，用诗意的语言，油然而生出纯粹鲜活的愉悦。

诗者，志之所向也，在心为志，煮字为诗。诗歌如酒，细品之下，让人充斥豪情与激昂；诗歌如茶，伴着灵气的氤氲，让人回味无穷感受精神的悠远。

用诗的文本，对日常生活进行遐想；用诗的语言，对人世亲情发出感叹；用诗的思维，对社会人生进行思考；用诗的美感，装点工作岗位的辛劳。不亦乐乎！

诗如新醅之陈酿，甘洌润豪情，又若嫩芽似香叶，饮之挥浊气，慢品逸精神。诗歌是一棵不老的青松，经风雨而愈加繁茂，历寒霜而更显苍劲，蒙尘垢不减晶莹璀璨，经熔炼增添夺目光辉。

《月白风清时》这部诗歌集里有对生命的珍惜，有对生活的热爱，有对亲人的怀念和不舍，也有对国家的热爱和对工作的执念，更有对美好未来的憧憬和期待。这些都是我内心真实情感的表达和写照，这是一部有灵魂和温度的诗歌集。

　　人生就像一条漫长的道路，谁都不可能一帆风顺，有些事可以放弃，有些事却不能不坚持，只有持之以恒，才能让创作诗歌的路走得更远。虽然在生活中，我可能会因为一点点小事而伤感，但当我坐在窗前看着室外的花草树木时，我就会很开心，因为我看到了多彩的希望和生命的璀璨。

　　在我眼里，大自然是最美的，而且永远都是那么亮丽。就像我写的《城市的春天》这首诗一样"冲破柏油马路的坑洼/风，抖落一身残雪/微微吹动了柳枝/吹醒了小草/街上桃红粉绿蓝白/亮丽了眼眸……刻入时光的皱纹/隐退到岁月里/我的眸子有一些潮湿/一粒沙迷了我的眼//城市的繁华，浸着劳动者的血泪/喷薄欲出的血液开始冲动/我在不经意间回头/漾起的涟漪/捧着落满水面的春天/跟我诉说着你的故事。"

　　这首诗虽然是描写城市的春天，却旨在歌颂劳动者的奉献精神。我觉得春天不仅仅有红花绿叶、溪水潺潺，还有更多美好事物和高尚的思想。一首好诗，一个好句子或者一个好故事。只要你用心去感受，就会发现生活中还有许多未知的发现等着我们去探索。

　　数年耕耘终成集。一撇一捺，书写对诗歌的热爱；一词一句，镌刻着时光的烙印；一段一节，皆是生命的律动。多年心血，源于热爱，行于天地之间，徜徉诗歌阡陌。诗歌，成为我精神的灯塔。

　　《月白风清时》记录了我的内心世界和情感变化。不仅有自己对生活的热爱和人生态度的思考，也有对生命意义的反思和自然宇宙的探讨等问题的感悟，希望通过这本诗集能给更多人带来温暖和力量。

月白风清时

每首诗中跳动着的医者仁心，不正是我独有的诗心吗？它真诚，它坦荡，岁月可鉴。我愿把写诗歌当作生活的一部分，如果你读了这本诗歌集之后，觉得有收获或者有所触动的话，那么请你把它当成是一种鼓励和动力！同时，欢迎对《月白风清时》《纯白的声音》《白在白之内》三本诗歌集给予点评和指导。

森林鸟语，大地花香，不管身在何处，心一直向阳。岁月如此静好，携一路诗香走过四季。

秉风雨，沐阳光，诗心的梦想，扎根春日的沃野，一定会发芽并茁壮成长，绽放出生命的芬芳。记录下生活点滴，不负光阴，不负韶华，踏上诗路，拥抱梦想，且行且珍惜，你准备好了吗？

诚然，本诗集创作方面尚存一定不足，瑕疵之处，有待读者朋友们斧正。字字句句皆为肺腑之言，仁善爱心，坦坦荡荡，欢乐离愁，跃然纸上。

亲爱的读者朋友，不管你嗅到的是药味还是诗香，请深信这些都是一个医生诗人独具匠心的告白！《月白风清时》，本书于上千首诗中披沙拣金，剥茧抽丝，精选采纳300首，分类整理成册。

行文至此，已近子夜，月白风清时，室内寂静，我的心也格外寂静，人生苦短，且要诗意，拙文真情，以飨读者！

目　录

生活遐思篇

四季畅想篇

万物自然篇

月白风清时

岁月静好篇

创业弦歌篇

月白风清时

赞美热爱篇

历史未来篇

节日飞鸿篇

时代谱新篇

月白风清时

悬壶济世篇

月
白
风
清
时

生活遐思篇

月白风清时

有风有月的黄昏，我用文字
赴诗情之约
断桥落影跌入涟漪深处
梧桐树、柿子树和石榴树
列队相迎
风裹着曾经记忆的余烟
在心中泛起波澜
往事悠悠，一闪而过
如夜空中突然划过的流星
我在枣花盛开时节
感叹黄河，似万马奔腾
拍岸浪花叩击心声

寻遗，独步花间树丛
晚风轻轻摇曳
月亮不语
却见证了历史沧桑
与岁月的峥嵘
执守于刻骨铭心的爱
感受世间冷暖
捡拾一枚银杏叶
精心制作成

永不凋谢的标本
一份执念深藏其中

恬静美好，我以淡然的心
静观世界于我眼中
不断变幻
相遇与离别，喜悦与感伤
在心间渐次签收
带着墨香的小诗跌跌撞撞
落入谁人心扉
氤氲的夜，寻不见你
最初含笑眼神
心事隐在雾中，与树木一起
写成葱茏模样

皎洁的月，洒下无限温柔
空气带着一丝潮湿味道
心与心相牵，浓情泛起波澜
又在指尖悄然滑落
一颗心，在暮色苍茫中
试图与沉默交谈
摒弃杂念，解绑自己
心如月白风清
醉饮孤独，不惧风烟
和悄然逝去的年华
以百草医者之名
躬耕杏林

一壶动人的春天

初春，带着一股温暖气息
在萧瑟中染上一点
嫩绿的雅
春姑娘，用神奇又温暖的手
轻抚大地
邀三两好友围炉煮茶
给春天也倒上一盏清茗
每个人眼神，随之装满了
动人阳光

走过庭院
曲径通幽处，花的芬芳
与茶的清香异曲同工
花香在衣角，在笑容
茶香则在嘴里，在心中
鲜花茶树
是春天里最美的风景
茶味淡淡苦涩
带着一丝甜
那是你的味道

遮掩了锋芒

用谦虚
遮掩了锋芒
用笨拙
遮掩了聪明
捧起一本诗书
贴在心口
此刻，不知说些什么
忧伤便弥漫上眉头
宝贵的青春
我是否虚度
重新审视自己
低调随和
不再自命清高
退一步
海阔天空

不经意间抬头

我以为，生存
就是简单的衣食住行
就是行走时能够追逐终点
和每天的按部就班

我以为，生活
就是怀揣梦想努力奔波
像潺潺溪水一路向前
永不停留

我以为，生命
就是那棵枯老的榕树
一心向阳渴望高远
和辽阔的天空

当岁月的年轮
匆匆碾过时光的烙印
心中的执念，爬上枝头
我不经意间的一个抬头
风钻过缝隙
时间悄然溜走

酒，唇齿间的较量

用水的温柔
高粱的热情
酿成醇香美酒
入口甘甜
火热在胸中升腾
清冽如泉水
抚慰我内心的忧伤
我的身体
沉醉在浓香里
澎湃的信念
行走在苍茫人世间

我在这液体之火
诱人的魅惑下
澎湃着侠肝义胆
豪情万丈
在千年风霜里
独自穿行
信步踏入你的城池
来一场唇齿之间
无声的较量

远处的灯火

那盏灯火不停闪烁
为谁而燃
是否还在老地方等我
日子慢慢老去，诗的琴音
为爱等候，为情执守
心底的希望和信念
拱手遮挡着风雪

遥想，你用温情
赶走我心底寂寞
慢慢长夜，仰望星河
多少春秋与朝暮
弦月在远天默默悬挂
归心似箭
灯火点燃了思索

无形落入掌心

黄沙满天
干燥充斥着风烟漫漫
一望无际的沙漠
需要一场酣畅淋漓的大雨
雨滴落下
滴在沙漠之心

清晨，沐浴阳光
飞鸟在枝头叽叽喳喳
那片云在窗外转悠
仿佛传递故乡
久远的消息

转眼间，乌云天空盘旋
黑压压一片
低沉得令人窒息
狂风大作
天地似乎发了脾气
无形落入掌心
尽情撕扯这漫无边际的地域
狂风过后
依然是静寂

一棵树，绿着

狂风施虐

夹杂着雨雪

打湿目之所及处

一时间

残念成殇

霜冻过后

万物憔悴不堪

一棵树

失去往日光泽

却绿着我的故乡

月亮，并不瘦

守一阙月色
风消瘦了旅人行囊
消瘦了故乡的梳妆
也消瘦了昨夜
一帘幽梦
月亮不语，连着母亲
对我的牵挂
家乡温暖的亲情
是离乡游子的渴望

踮起脚尖
将那片月色收入怀中
时而，吟诵唐诗宋词
时而，挥笔描摹
一笔一画，都是有关故乡
莫名的思念
守住心中孤独
让月色，传递人世间真情
不需要山盟海誓
只将心中那轮高悬明月
永远供奉

夏雨淋漓

夏雨及时
落在饥渴的庄稼地
急簌簌，如珠帘一般
将整个天地笼罩

犹如山东男人的豪爽性格
奔放，雷厉风行
及时雨，责任重于泰山
农民最喜欢

六月的雨，也多情
千朵万朵空中聚集在一起
情浓时
倾盆而泻

雨巷已远

背影，只是一个背影
将心中情思
顷刻点燃
时光爬满岁月的青苔
模糊的记忆
一不小心
重新跌回少年
凹陷脚痕，伸向远方
向着璀璨
而神圣的殿宇走去

心门开启
不再炫耀曾经的资本
每接近一步
心与灵魂都在倾诉
不断检讨自己
雨巷已远
声声雨滴执念
仿佛在提示
心底的另一个我

月白风清时

春日怀想

清风拂面，思绪游离暮色中
喧嚣，在被压缩的白日里沉沦
春花盎然，心在风声里涨潮
火焰树下折射迷茫

绚烂一季，心碰撞岁月
流放生命中的美好
星光，弥散成孤寂的心语
唯美我如诗如画的遐想

远处嘶鸣的汽笛
是你离去时，无奈的悲伤
冷月宁静如水，感知我
形单影只的彷徨

云烟袅袅，斜倚轩窗
一见倾心互诉衷肠
红尘萧瑟，人海茫茫
黎明唤醒生命之光

一任幽情无限远
化作瘦笔下永恒篇章

与风说

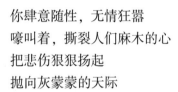

你肆意随性，无情狂嚣
嚎叫着，撕裂人们麻木的心
把悲伤狠狠扬起
抛向灰蒙蒙的天际

你见缝插针，像一把利剑
在夜空中尽情挥舞
将枯枝烂叶，卷落一地
声音如此尖厉

一阵狂风涌至城市上空
我求你别来，你说沉浸安逸
人间太多尘泥
需要进行不定期的清洗

春风和煦，也会呵护自然美丽
温柔的手染红桃花
唤醒柳枝，将山川大地染绿
河流也欢快地向远方奔去

把心事，藏在春天里

我把心事，藏在春天里
森林中的鸟鸣
是春天的和弦
用心绘画生命的脉络
带来了我最喜欢的色彩

习惯半夜醒来
坐在窗前
勾勒心中的梦境
与星月对话，与心灵对话
我的世界悄然无声

不断擦拭柔软的心
银河浩渺，引我无限遐思
在流逝的日光慢度中
感叹幸福酸涩
我的青春融进夜色

被祥和包裹

夏夜，收藏了白昼的喧嚣
缠绵的山峰
抚平了世间所有的忧伤
月色，也平静地
倾听着诉说

银辉的轻柔
照亮角落的瑟瑟发抖
飞扬的乐谱
奏响命运铿锵的重奏
以及被祥和包裹的快意

透过朦胧的山影
五彩缤纷的街灯，显得格外亲切
经年等候，遥远的地方
此时此刻，是否也有一颗
同有灵犀的心

我的爱，擎着天使的光芒

心，需要天使来拯救
这个世间
荒诞着所有荒诞
这个人间
悲壮着所有的悲壮
无边的大海
将滚烫的心融入浪花
于是，浪花便有了灵魂

微光刺破黑暗
流星滑过
照亮深邃的夜空
我的爱
擎着天使的光芒
照亮人世间
灵魂在历史的尘埃中
挣脱束缚
从此，生命没有悲伤
人类不再懦弱

将一颗心安放

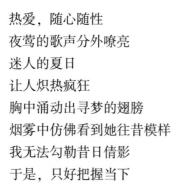

热爱，随心随性
夜莺的歌声分外嘹亮
迷人的夏日
让人炽热疯狂
胸中涌动出寻梦的翅膀
烟雾中仿佛看到她往昔模样
我无法勾勒昔日倩影
于是，只好把握当下

直到春天的来临
将心完全归零
在万物复苏之际
重新审视自己
不再犹豫、彷徨中虚度
唤醒灵魂摆渡
将一颗心安放

辽阔的狂

"曾经沧海难为水
除却巫山不是云"
沧海，在我心中
如同一卷永不褪色的画
意识流是画的主色调
思维伸长了触角
如同医生的听诊器
诊断着自己
也治疗着别人

轻狂，伴随自由的翅膀飞翔
锁不住自由的翅膀
心一直向往远方
拼尽全力，召回北飘的云朵
把一封没有寄出的信笺
化作沸腾的希望
重新燃起，冲向辽阔的信念
把雨读成一首诗
春是你温柔的回眸

阳光扎进大地

春天如此美好，此时眼睛清朗
花骨朵羞涩，便有永恒快乐
和无尽的思念
坐上山顶，欣赏日落时分
这一刻，心是如此宁静
与灵魂交谈
想起你曾给这座山
取了一个名字
那时的你
开心得像个孩子

阳光扎进大地
沐浴温暖
让我孤独已久的心
极少显露出绝望
每个人
应该拥有希望
小草、花朵，还有天空中
自由飞翔的鸟儿
都乐观向上

月白风清时

岁月感怀

岁月，吻上额头
昔日韶华早已不在
时光，是无形的杀手锏
没有人能够
逃脱这把利刃
无情的摧残

一个人，行走在现实
与梦境之间
尝遍生活苦辣
苦难，不会压垮一个人的斗志
只会让人更加奋起
浮华背后是心酸

自由的灵魂
存着一份热爱
那些在夜色苍茫中
孤独行走的人
掩饰了内心的伤疤
却坚定了方向

秋日低语

月白风清时

一片叶子
在黄昏时分
带着往事记忆
跳过时光的缝隙
向秋日深处
慢慢滑落

秋风萧瑟
带着低沉的呜咽
填补内心沟壑
远山朦胧
月光被遣散
变得更加洁白

繁星挂满夜空
人群在市井街头漫步
城市的灯光
照亮空巷
星月的光芒
落在湖面，渔船慢渡
打捞失落的记忆

一座城醒了

城市发生巨大变化
星光被灯火取代
倾斜的世界
又开始了喧嚣与繁华
快节奏的窒息感
充盈着头颅
没有时间
去关注这钢筋水泥
雕琢的震撼

黑暗，掩盖不住涌动
霓虹将整座城市
笼罩在梦幻中
城市不会因夜的降临
而褪去浮华
灯火将星月的清辉掩盖
安抚我一颗浮躁的心
忘记一天的疲惫
沉醉在夜色中

人生随想

或许，幽默
是只对自己刻薄
而尖酸
却给别人带来快乐

或许，随性
是对别人给予宽容
而洒脱
却是对自己放纵

总有人说自己多么坦率耿直
却不受重视
于是在沉默中爆发
口吐莲花

过后，在菩提树下
茅塞顿开，大彻大悟

白日梦：养鱼

我花很多时间
想一件事
或者读一本书
偶尔穿着拖鞋
和睡衣在每个房间里
游来荡去

卧在沙发上
我没有做白日梦
也会有痴心妄想的幸福
我的思维
散发着宇宙的灵动
不再沉溺于琐事和俗务

我没有做白日梦
真的没有
在平淡如水的生活里
寻找一泓清泉
只为养大生命这条
色彩缤纷的小鱼

自带鲜花

每个人都有高光时刻
心灵的宁静
不再是追逐蓝天白云
恬淡的陶醉
放下功名利禄的欲望
每颗心，都装得下星辰大海
只要思想的椰树
挺拔不倒

把希望装满行囊
沿途的风险
都在预料之中
精神的愉悦
不只是人与人的交流
有时，更是人与自然的交融
这个世界
生活，有时也是艺术
一门留白的艺术

雨水构成江湖

下雨，没有什么不好
水是生命之源，雨以不同姿态
降落大地，春雨细而密
夏雨急而骤，秋雨缠绵
道不尽离别伤感，冬雨滴落成冰
将忧愁冻结
停下脚步，收拢自己的影子
在雨夜种下一粒勿忘我
心里的安宁便会更加浓郁
慢慢散开，熏染你我
心，不再躁动

静下来，读一读雨巷的故事
和夜晚的沉寂
时光有昼夜之分
人间有黑白，黑有黑的社会
白有白的江湖，记忆犹新中消散
荡然无存，我在雨夜感受寒冷
和孤独，你在指尖之外织网
我，却在一个人的江湖里
掏出匕首刺穿黑暗，再把白消毒
漂洗得更白

029

亲爱的孤独

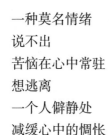

月白风清时

一种莫名情绪
说不出
苦恼在心中常驻
想逃离
一个人僻静处
减缓心中的惆怅

忘却鱼的挣扎
与水的咆哮
清醒的，模糊的
微弱的灯光
以及另一种声音
在耳边都是如此亲切

驻足一个人的山谷
寻找两条
可以并排行走的小路
蕴藏心底的孤独
期待我的爱人
打马归来

时间慈善

把痛苦，吞进肚子
踩着一个时间点
彼此不再排斥
几颗星星
借着皎洁的月亮
一探我内心的思绪
心情得到了提升

不必作答
鱼与熊掌我已皆得
钟摆在嘀嗒声中
一圈圈轮回
走不进我的美梦

把四季袒露
用她的人生经历
梳妆打扮
我在朴素中发现
一事无成者
也是圣人

生 活

韶华如水，人生几度悲喜
又几度淡定从容
根须梳理着时光的线条
遮蔽的骄阳掩饰不住光芒

无论如何，不能后退
要义无反顾向前闯
人生的和弦，从不停歇
弹奏着酸甜苦辣，酸涩无奈
和悲伤疼痛

命运的交响曲
跌宕起伏着生命的绝唱
荡气回肠的音乐
响彻了整个夜，只要心跳还在
演出就不会落幕

心中，藏着想要呵护的人
于是做了生活的强者
无畏孤寂落魄时
坚强地唱着快乐的歌

酒，这液体之火

微闭双眸，感知
香醇的液体在舌尖滑过
琼浆润过喉咙
一股暖流，在心中
散漫开来

窗外，树影婆娑
繁星闪烁，点亮夜空
邀云对月
乘风穿越城市头顶
寻不见昔日少年

清凉的酒啊，似一帘幽梦
嵌入瞳孔里，柔柔的
甜甜的，飘飞了我的思绪
我把它写进淡淡的诗里
等待酒香扑鼻

如果罅隙中还有生命

那空缺落满灰烬
在尘土里厚积薄发
或在空气中弥漫
逆行的风托举着我前进

我是暗夜里无助的弃儿
在一片苍茫大地上
寻找无数个光明
正是这种坚持
让我生命如此顽强

我沿溪水边，采摘野花
捡拾染料倾斜的秋之黄
把自己装扮得深沉
趁着你笑容烂漫
为你披件爱的衣裳

如果罅隙中还有生命
那便是我为你种下的蔷薇
环绕在你的周围
等你醒来

远处的灯火

湖水在风平浪静中沉睡
画卷在眼前徐徐展开
山河写意着苍茫
凋零的花瓣
将会散落向何方

远处灯火，绚烂了美丽
绿色藤蔓缠绕着白色老屋
城市与乡村之间
隔了一排稀疏的篱墙

夕阳西下，彩霞织锦
暮归的牧羊犬指引回家的路
异乡的街灯，散发着暗淡的光晕
我的心在流浪

声声蛙鸣，打破沉寂
飘浮的云朵似乎也累了
一动不动
此刻，有个声音在耳边回响
有盏灯始终为你点亮

一滴水

半梦半醒之间，似骆驼
隐忍的命运，不会原路返回
太阳炽热，绿植被压缩
水顷刻之间消失了

视线逐渐模糊，无尽的黄沙
没有边际，从不害怕自身的渺小
相信在不迷失的前方
一定会有一汪清泉

在一滴水中看世界
不纠结自己的平庸，日积月累
也会有水滴石穿
敲开坚硬石头的时刻

一滴水，以柔克刚
住进何人心房
守候一个人的目光
折射出七彩光芒

风醒了，飘进我瞳孔

临江，风透着星点凉意
驱不散深藏心中已久的忧郁
空旷的江面，花开两岸
一个女孩，穿着花一样的裙子
微笑着向我走来
宛若一只绚烂的蝴蝶
立于阁楼窗外
顾盼生辉
令我驻足流连

几行墨香，书写青春迷茫
和红尘情缘
一丝天真的笑靥
嵌入我流淌的心海
遇见心动，魂牵梦萦
夜不寐，该怎样去倾诉
才能了却这份牵挂
一段岁月，又该怎样执笔
才能书写笑颜如花
此刻，风醒了
飘进我的瞳孔里

伟大航空梦

飞天的梦想
总是在脑海中酝酿
渴望像鸟儿一样
扇动欢快、自由的翅膀
蓝天之上翱翔
圆梦而行，滋生热切的渴望
新时代，航空强国谱华章
人类不断创奇迹
神州火箭，世人瞩目下起航
国歌在天上宫阙奏响

划破云端，穿越时间的长河
探索宇宙奥妙和极光
苍穹浩渺难测量
天宫一号展示大国航天
飞速发展的辉煌
九天揽月，星辰大海向未来
记住那火焰的绽放
伟大航空梦，自豪中国人
致敬无名英雄
祖国二字闪烁金色光芒

四季畅想篇

我们含苞欲放

豆蔻年华
如一朵含苞待放的花朵儿
娇艳欲滴
犹如漫天星辰般耀眼
活力青春
恰似一棵棵郁郁葱葱的绿树
枝繁叶茂
犹如夜空迷人的烟花
释放光芒

年少轻狂的岁月
奋起的时代
拥抱梦想和希望
为了证明与众不同
我们桀骜不驯
永不气馁
我们寒冬酷暑
无畏雨雪
在黑暗中找寻
光明道路

匍匐前行

以匍匐的姿态前行
耳边重复着一个声音
脑袋昏昏沉沉
恍若听天书
这个夏天，转眼就要过去
一个人，早已厌烦独守在窗前
天，依然蔚蓝
只是，这个夏天有些特别
前行的道路上
总会有羁绊

年少时的一次次告别
泪水在眸子里打转
拼搏的历程，是如此艰难
每一步都有波澜
当你决定走下去
这条路，即使匍匐
也要努力向前
只因我们是祖国的希望
和青春少年

月白风清时

寻他千遍

我一直在苦苦找寻
找寻这样一个人
没有华丽长袍
也没有堆砌的金银，他只是一个
眼里盛满了悲欢与故事
飘荡在云端的人

我一回头，他就不见了
埋没在厚重的帷幕间
藏匿在深山归隐
再也找不到踪影
耳畔，只传来一声
绵长的叹息，眼里伤情
诠释不尽

记忆中的那片莽林
百鸟啾鸣，宁静的心不沾染
一粒微尘，只有书籍
能慰藉他的灵魂
一遍一遍研读
成就他如今

亲昵无限

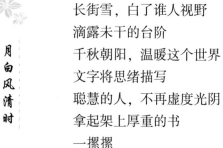

长街雪，白了谁人视野
滴露未干的台阶
千秋朝阳，温暖这个世界
文字将思绪描写
聪慧的人，不再虚度光阴
拿起架上厚重的书
一摞摞
寻找遗失的夜

我的足迹，留在雨巷长街
天空的彩虹，挂满儿时梦想
璀璨的骄阳
将我单薄的身躯紧裹
多少次在没有风尘的咏叹里
荡漾着无限亲昵
我们的故事，如生命之树上
那枝繁叶茂
永不衰败的绿叶

万物为书

梯子
被踩在脚下
却可以助人攀登成功
书籍
万千字句间
蕴含人生深刻哲理

飞鸟躲在枝头
看云卷云舒，烽烟四起
花瓣精神抖擞
一簇簇，在雨幕中
尽情沐浴
读，跳出文字的局
万物自然，皆可为书
只要用心汲取

我沉沦在你构建的世界

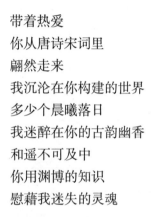

月白风清时

带着热爱
你从唐诗宋词里
翩然走来
我沉沦在你构建的世界
多少个晨曦落日
我迷醉在你的古韵幽香
和遥不可及中
你用渊博的知识
慰藉我迷失的灵魂

在你的指引下
我畅游在墨韵文海
看伟人运筹帷幄，指点江山
听智者高谈阔论
与兴趣爱好相近人一起
探讨人生的价值和意义
与书香为伴，我不会寂寞
你我静默相对
此生无憾

心游书海

心，不甘寂寞
畅游书海，寻古人遗踪
一入此境界，即换一番天地
时而蛮荒，时而辉煌
一时间，我的心
似乎从角落飞了出去
忘却自身烦扰困顿
柔风过处
顿时化为乌有

书中世界
与现实世界融为一体
人物苦恼赶不走自己的苦恼
疑惑心情依然疑惑
却激励我成长
读书，宛如一次次旅行
文字牵着心灵
沿途有城市喧嚣
有五光十色霓虹灯
也有山川河流
和旖旎风景

满目美景

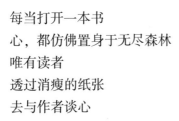

每当打开一本书
心，都仿佛置身于无尽森林
唯有读者
透过消瘦的纸张
去与作者谈心

无论是满目浩瀚星辰
还是枝头上
挂起太阳的光辉
所传达的意向
并不仅仅只是如此

森林所刻画的文字
就如同那一排排笔直的树
排列成了诗篇，在雨露
和阳光下，诉说着
一个人的心声

春 叹

在没有到过的原野尽头
青鸟已去
雨，飞成了丝
飞成了一首缠绵的诗
落花微醉
树木经过雨滴的洗礼
格外清新，斑鸠
咕咕助威

你，坐在椅子上
长裙拖地
双眸微闭，望着窗外
每一滴雨落下来
都将人间疾苦
洗去
雨滴声声慢，一阵叹息
将春天叫醒

六月的雨滴

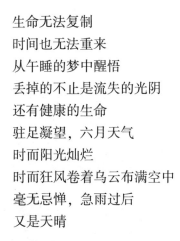

生命无法复制
时间也无法重来
从午睡的梦中醒悟
丢掉的不止是流失的光阴
还有健康的生命
驻足凝望，六月天气
时而阳光灿烂
时而狂风卷着乌云布满空中
毫无忌惮，急雨过后
又是天晴

我常游走在雨中
撑一把油纸伞
在没有雷电
狂风肆虐时有恃无恐
目睹暴雨袭来
掀翻了路边的自行车和帐篷
路人毫不犹豫
纷纷躲进街旁的门面店
遇此境需要懂得变通
躲过闪电雷雨暴行

春天笑了

经过冬天的刺骨
春天格外温柔
小鸟，在空中鸣叫
清晨太阳真好
我的心，也跟着太阳旋转

夜色落幕，曲径漫步
小草植入诗人梦境
新生的季节，大地苏醒
眺望山峦，绵延起伏
近处牛羊山坡吃草

一切像刚睡醒的样子
欣欣然，张开眼睛
水溢了起来，太阳的脸
也跟着红润了起来
饱蘸生命繁华的色彩
看！春天笑了

春天的遐想

烛光，照亮了整间屋子
我的生命很可贵
光明，回到一盏灯里
唯有你的声音，破窗而入
我在春天播种希望
在这片熟悉的土地
你用华丽的语言
毫不吝啬地包装着我们的爱情
有时候，你轻轻的一个吻
也充满色彩

我的太阳，你已根植我心中
凝望荡漾的湖水
李白桃红，长风吹开
荒芜的人生，喜悦的泪珠
不禁流落下来
幸运的我，有一个希望之梦
在这神韵的气息中
我将慢慢地逝去
但是，这里的绿会常驻
这里的春会永恒

月白风清时

落　叶

一些无病呻吟的诗句
伤了心中的痛
褶皱枯黄，低落的焦点
一阵风吹过
给落叶插上一对
飞翔的翅膀

只剩下一个
空洞虚无的世界
我知道，叶先落于地
在没有灯的夜晚
又落在我刚写的一首诗上
我的诗，一半是无奈
一半是生活

富人纸醉金迷
贫穷的人
挣扎在温饱线
于是，在梦中反思
天气阴沉时
没有了太阳，只看到
一片落叶的孤寂

林间，溪水潺潺

午时三刻
一场多情的雨
由远而近
沿着小河方向
流水的波纹
荡着情感的涟漪

田间土地
因你而湿润芬芳
那质朴清香
等待阳光
驱赶多事的雨
吞噬一个梦

河边的羊群
突然失控
不再静静吃草
一起跑向羊肠道
汇聚的无穷力量
掀起尘土飞扬

春 雨

把云的灵魂叫醒
轻轻，不要搅乱尘世间的安宁
请天空赐予人间春雨
饥渴的秧苗，正渴望沐浴
夹着清新气息的雨滴
令万物悄然复苏
萌发成长
承接生的希望
和死的悲壮

春雨簌簌，细似针尖
酝酿着新的生机
湿润了一个又一个黎明
花开了，草绿了
柳梢也醉了
轻吻河面
唤醒沉睡一冬的睫毛
春天来了，春雨沥沥
生动了自己

我沉浸季节轮回

落叶无声
在寒冷中寂寞
跳过季节的缝隙
向冬天滑跌
搁浅在渠沟、篱畔
和岁月深处

萧瑟的风掠过
带着呜咽
远山朦朦胧胧
一池碧水瘦尽
鸟儿早已飞向遥远
我沉浸季节轮回

闲云晴空，遍野的寂寥
一望无际，满眼的衰草枯杨
尽是寂寥
我拼尽全力向前飞奔
路的尽头仍然是路
而我，终将融入岁月的浩瀚

流　水

午时三刻
一场多情的雨
由远而近
沿着小河方向
流水的波纹
荡着情感的涟漪

田间土地
因你而湿润芬芳
那质朴清香
等待阳光
驱赶多事的雨
吞噬一个梦

河边的羊群
突然失控
不再静静吃草
转身冲向不远处的小河
羊群、流水
与青山、碧草一起鲜活起来
构成一幅和谐的画卷

观海感怀

星空，点亮幽蓝的大海
历经岁月沧桑
燃起我
看海的欲望
终于，挤出时间
在海边
内心颇多感慨
孕育生命的海洋
澎湃着希望

漫长辽远的海岸线
分不清大海
与陆地的边缘
此刻，也分不清大海
与天空的界限
海与天地
已连成一片
天很高，海很深
我的眼眸很大
大到
装得下海

最美人间四月天

摘下一朵桃花
做成桃酥
四月，是属于春天的
洁白的云朵
点缀着无边湛蓝
孩童把微笑一股脑
抛向天空

和煦阳光普照
飞鸟在大地投下剪影
虫儿，花间飞舞
小草，随风嬉戏
欢乐，水波里荡漾
诗人们安然在春意中
享受世间温柔

秋收季

早已经
过了冲动的年纪
更没有了激情
一群鸟儿掠过金黄
叽叽喳喳
释放秋收信号

夕阳下
老屋显得沧桑
生活被不断支离
更加单薄
放下难以割舍的情愫
我的念想
就会减轻一分疼痛

机器轰鸣而来
农夫们的黝黑笑脸
放着幸福光彩

秋　影

在秋日黄昏的静默中
一切似乎悄无声息
夕阳伴着鸟鸣
显露在傍晚的落寞里

冷漠如同枯败的枝干
满地落叶的堆积
寥落的星光
划过寂静的天际

人们在梦中呼吸
忧伤的空气
秋雨的凄凉
是天为地在哭泣

风儿很忙

无拘无束，四处游走
留下足迹
吹起的尘沙
将黄昏的夕阳
与天边彩霞
模糊成
画卷里的风景

过眼的风儿
长夜里
将诗人的灵魂
吹上了九霄
风，总是这么匆忙
风语，却是人间
悬浮的画外音

逝去的梦，又突然醒了
风过处，在城区
或乡间静默中张扬
风声中，季节不断更替
静下心来，去感受
去拥抱虚空

初夏的感觉

温柔与热情，巧妙融合
别样五月，也有不解的风情
当风雨笼罩大地
当绿叶拥抱鲜花温存
自然的繁华与风的奔放
赶走乍暖还寒
蝴蝶兰，随心随性
不刻意粉饰，黑暗尚未撤离
夏天脚步姗姗来迟
慢得令人屏住了呼吸
久违的感觉真好

时间的壁画
在梦境中发掘绚烂夺目
缤纷的色彩
花开两次，时而无声
时而伴着妙音
我理解，这个季节
自带的光芒热情
是历经寒冬的蛰伏
与蜕变后的华丽转身
和骤然觉醒

秋意映入眼帘

秋水潋滟
两只白鹭芦苇间觅食
漫过湖面的水草
早已泛黄
秋意映入我的眼帘
薄凉苍茫
一阵阵虫鸣
飘落在秋日里
小小竹排
游向失火黄昏

我拿起相机
录下这难得的景致
船家摇橹，唱着渔歌
夕阳隐入遥远天际
彩霞竭尽全力
挽住最后的光泽
舟楫荡起的湖面打着卷
我将秋，牵在手心
秋风起时，山河就瘦了
往事跌进秋色

落叶知秋深

谜一样的落叶，与风交织纠缠
虚实，来有影去有踪
街道两旁的树木
随着渐冷的气温
早已变了颜色，秋就这样
不知不觉，走进了人们眼帘
望着秋深
我似乎找不到更贴切的词汇
那些深刻的句子
躲进了岁月纵深处

凝滞的思绪
有了暂时断片的尴尬
一阵鸟鸣惊醒了我
秋天，到底是什么本质
又是怎样的季节
衰败死亡或蛰伏新生
叶随风舞，秋深不知处
有些念想无疾而终
一棵树的果实，被松鼠捕获
它需要跳跃很远才能将果实运回家
秋已远，冬天来了

深 秋

一树枫红，迎着秋风
绚烂了整个季节
轮回的生命，如此断裂
苍凉悲壮，伟大高洁
与高山紧密相连

风干的蝉，跌入草丛
无休止的风，吹落一地枯叶
松塔隐入尘泥
满目的怆然
诗人也跟着感伤

夜露，给予种子无限滋养
生机在蛰伏中酝酿
我摘下一片火一样的枫叶
唯美的叶脉
点燃了秋日的激昂

秋霜也很凄美

清晨起来，天宇之间
霜花儿如梦一样
草木摇落露霜
穿越我的视野，深秋呈现大地
白霜映入眼眸，玻璃镶嵌千变万化
朦胧的图案，令人浮想联翩的
不止是鸟儿伫立枝头
还有梅花点点
远处树林，各种色彩交错
独成一景

仿若梵高大师抽象的油画
徐徐铺展人们面前，给人以一种凄美
经过秋霜寒露的洗礼
在低温凄冷下诞生
阳光炽热下升华
化作露珠滴落在大地母亲怀抱
每一次的涅槃
尽显短暂的生命风华
秋霜是严寒酷暑的替代者
凄美过后
是春暖花开

冬日之后

倚窗，等待夜归的人
偌大的天地间
喧嚣掩盖了雪落下的声音
房屋、树木、大地
到处都有积雪，走在上面
有悦耳的咯吱声

湖水的微光，映入眼帘
你听，远处琴音荡漾
把印有太阳图案的钥匙圈
别在腰间
霜雪沉默不语
却已将冬日大门打开

云海，向我招手
我人生的旅途是否会有
别样的故事，延伸到下一站
承载的思念在归来时
如年前的雪
候着年后的春天

秋日暮景

午后的阳光，撒在肩上
羊群在草地上
低头吃着草
远处，几匹马儿正在饮水
影子映在水面摇晃

几只野鸭，挺着胸脯
摇摆着身子，迈着小碎步
向河边走去
风，扯动一丛丛芦苇
秋日暮归的风景
像一幅做旧了的油画

阳光，真实地落在水面上
原野在我眼前伸展
置身静谧的画面
突然，一辆收割机的轰鸣
打破了此刻的寥廓

城市的春天

冲破柏油马路的坑洼
风，抖落一身残雪
微微吹动了柳枝，吹醒了小草
街上桃红粉绿蓝白
亮丽了眼眸
湖水粼粼波光像镜面一样
在阳光下，熠熠生辉
透过枝叶罅隙
倾泻一地的碎银
仿佛翩翩起舞

鱼儿，欢快地亲吻着浮草
四周如此清净
刻入时光的皱纹，隐退到岁月里
我的眸子有一些潮湿
一粒沙迷了我的眼
城市的繁华，浸着工人的血泪
喷薄欲出的血液开始冲动
我在不经意间回头，漾起的涟漪
捧着落满水面的春天
跟我诉说着
有关你的故事

料峭

总想守着初心
不去探讨深奥，光明与黑暗
或者过去与现在
于我而言
早已不重要

我只是期待生命的奇迹
迎着料峭的风
蹚过清澈奔流的小溪
追逐山峰远景

乡村的景色，饱和度很高
冲破云层的光
将心绪拉回当下
春寒，荡着一丝丝涟漪
将枯枝败叶洗涤

只是，这料峭的风
料峭的寒夜
从四面八方，蜂拥向我
如许，心不再空虚

在生命的放射线上

点燃思想
忧伤也有了独特的灵光
自由不羁的灵魂
放飞睿智思想
负重的肩颈，跟着坚定
创造凝练
在生命的放射线上
奋力追赶
忧伤、苦痛
和无尽的迷茫
充斥你脆弱的心房

感受自己的灵魂吧
创造驰越的翅膀
一张生活的网
翱翔在蓝天之上
挺起坚实胸膛
人生定会充满荣光
坚信，用捕捉来的所有美好
去压缩命运的弹簧
放手时，只听"砰"的一声
弹高了全部梦想

城市的街灯

乡间的炊烟
不懂城市街灯的浪漫
暖黄的色泽
烘托夜的安宁与寂静
一串串，似闪烁的珍珠项链
蜿蜒而去
欣喜于这给予我指引的灯光
摒弃白日喧嚣
一个人，跟着灯光独自走着
夜色竟然如此迷人

我不害怕夜的黑
正是有这一排排街灯
幽幽光晕凸显我的疲惫
岁月痕迹，无情爬上额头
这氤氲的光
一次次见证了我的成长
也驱散了我的不安
带来期盼和希望
想到此，一股暖流涌上心头
城里的街灯将我照亮

一个人的大海

想携一支鱼竿
甩入大西洋垂钓
眼前与梦想模糊成一片
水鸟盘旋，海浪拍打
波涛卷起狂澜
异乡的我，独自饮尽孤独
时常将落日，看成回家的方向
思乡的泪水簌簌而落
单薄的身躯，难以抵挡
袭来的寒潮

大西洋，镶嵌天地间
鱼竿晃动，一汪心事流淌
划着没有风帆的独木船
在大海上漂流
随命运的风
一起摇摆
要么，就这样被大海吞噬
要么送我回故乡
一支鱼竿，一条船
一片海，涤荡忧愁的画面
是我一个人的流浪

万物自然篇

荷：满湖的醉

大自然令人赏心悦目
绽放一份独特的魅力
鼻翼闻到
一丝丝清香
牵绕着我的思绪
循着气息
绕到了荷塘
水中亭亭玉立的
正是暗香袭来

早有蜻蜓，旋飞在莲上
跳着倾心的舞蹈
雅致的香氤氲在河面
出淤泥而不染
还是，濯清涟而不妖
有人夸赞你
也有人喜爱你
而你，沉默不语
只是，悄悄带来了
满湖的醉

鸟儿：娇小了天空

让心慢下来，雨后的天空
格外蔚蓝
窗台来了一只鸟儿
翠绿色的羽毛
头上还有一顶
雪白的冠帽
这只美丽的鸟儿
不知飞过多少热闹的人群
经过多少困难
才会停栖到我的窗台

你的到来，令我为之一振
也给这繁芜的城市
增加了些许灵气
多么美丽的小鸟，可曾想
是否也有无忧无虑
为了奔波
嘶哑了美妙的歌喉
广阔天空容纳了你娇小身躯
大自然无私天地
是你自由展翅的舞台

鱼和海亲密接触

我在大浪的推动下
一直前行
鱼说：这无边海洋，没有起点
不论是深海里潜在的威胁
还是浅滩上短暂的窒息
我奋力划动双臂
依旧逃不过
沉于海洋的命运

你看不见我的眼泪
因为我在水里
海说：我的灵动是因为有了你
我翻滚的波涛
是将弱水奔腾成浪潮
我能看到你的眼泪
因为你在我心里

把苍茫，都开成花

写罢流年，行走在苍茫间
方知时光浅，春雨簌簌
赶走冬日积压已久的遗憾
野花如此妖娆
阳光，从裂隙的云翳间
直穿大地，尘土开始飞扬
烧荒的焦烟味，冲进鼻翼
久违的麻辣和牛油的醇香
从霓虹灯下的小酒馆飘出
挂杯的酒，于唇齿间
留下婉转的忧伤

樱花如雨零落，多少人间悲欢
落寞复活
被消磨掉的所有尖锐
与悲悯，总有人向死而行
呵护最卑微的脆弱
那些单薄无助的身影
和坚定的脚步，经过风雨的洗礼
多少人，潜行在俗世
暗黑的角落里，孤独且愤怒
脆弱且迷惘

月白风清时

麻雀体内存着人间

漫长得让人有些窒息
整个冬季
见不到一点儿踪影
莫非这些小精灵
也知晓了
此时此地的情形
所有生灵
自觉宅在家里

我童年的麦田
总能见到它们如约而至
如雪的芦苇丛
被啄得秋意朦胧
呼啦啦，争先恐后
为待嫁的金柳
奏着颂曲

鲜花维持秩序

漫无目的地行走在长街
轻盈的脚步，多了一丝沉重
这调皮的风雨把时光
弄得一片狼藉
花儿满是委屈，世界需要秩序
花儿不能永驻，背后有一双
代谢的推手
它们也只是大自然的棋子
原谅风雨的无情
风雨打架，花儿遭殃
不过是一场演出

诗人爱管闲事
把风雨的罪状，写成了一本书
读来读去，写来写去
讨厌的
恰恰是自己的不足
花雨不是泪
它是上天赐予的珍珠
和祝福，拐一个弯
世界不一样，只需要
换一个角度

杜鹃是岁月的火

黄昏，静谧的村落
被雾霭包裹

车子左拐右转
穿梭在山路间
把崇山峻岭列成篱笆栅栏
一簇簇的杜鹃
烧开了
岁月的火

一路花开，一路蔓延
到天涯
而今老了
迈着孱弱的脚步
坠落枝丫
一地落花

布谷鸟颤抖了春

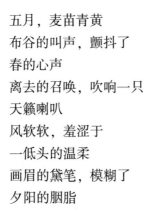

五月，麦苗青黄
布谷的叫声，颤抖了
春的心声
离去的召唤，吹响一只
天籁喇叭
风软软，羞涩于
一低头的温柔
画眉的黛笔，模糊了
夕阳的胭脂

山外有山，我仿佛看见
炊烟的影子
在一潭清水旁冷静思考
山涧乱石，正与溪流
愉快拉呱
一声声布谷鸟的叫声
振奋了无边田野
溪流的话语
全成了故乡土话
崎岖的山路
风在播撒飞花

一只小虫带路

把夜，含在嘴里暖化
连带紫色鸢尾花的清香
一起咀嚼
瓶子里的萤火虫
小心翼翼地飞
对自由无限渴望
飞过的痕迹
与梦到达的方向
出奇地一致

让我的思念
用一根红线牵引
一只小虫带路
躺在故道长长的斜坡上
让叶子盖满它的身体
可我不知道
天上的一片月亮
忽闪的星星点点光芒
会不会得到
整个秋天的原谅

萤火虫：身体之爱

我怕黑
却被你捉于瓶中
又被你
放飞于这个有星月的夜晚
我猜想，你是爱我的
无眠的月光
令这山林充满朦胧诱惑
许多希望与无限动力
在小精灵引领下
点亮漆黑的夜

用生命来爱，夜色与山林
永远不会属于谁
我微弱的光
为迷失的人指明方向
回家的路再长，只要有期望
有等待,就会不知疲倦
行走在路上
一点光亮
是勇气是信心
更是下一个黎明

熏衣草延伸我孤独的凝望

淡淡清雅，温馨我平凡梦想
也曾奢望能守在你身旁
风，没有方向吹来
万亩花田，在风中肆意徜徉
岁月童话在春日暖阳下
洒一路馨香

美丽诗行，延伸我孤独凝望
多希望风载我飞翔
爱的海洋，溢满幸福天堂
一次次心驰神往，心闪闪发光
天涯海角将黑暗点亮，最美风景
雕琢时光轴上

一切都是最好安排，邂逅同行
也是一道风景，相守相望
悄悄将安分守己的忧伤
妥帖安放，遇见你
我忘却自己，心有阳光
细嗅蔷薇芬芳，我在四季轮回中
将云淡风轻欣赏，弱不禁风的命运
也有着生命力的顽强

虫儿点灯

天彻底暗了下来
时间是治愈的最好良药
油灯暮色，在安静中忽闪微光
果园吸收着日月精华
归去来兮，春虫点灯
我踟蹰在蛐蛐歌唱的小径
擎起手臂伸向天空
诚心诚意祷告，梦的夜
星光月华与霓虹灯
交织出无数的美

抱着长路弯弯
等着风中的仙子莅临
在萤火虫的温柔中
与时光交好，等待泽润的欢愉
紫色云暮，渐渐聚拢浓郁
带着一份心愿
牵着明月，走在馨香的暮色里
怀抱一片蔚蓝的相思
在白与黑中，眼眸湿润
心，像一支离弦的箭
钻进天边的云雾

竹子向着太阳生长

春笋破土而出
呼吸着新鲜空气
还不满足，把力量集聚
向往蓝天,不断成长
追逐太阳

一棵幼竹在雨露中
在岁月无尽的轮回里
铆足了劲儿
不断地突破自我
为达到一个新的高度
倔强挑战

风吹雨淋，压不垮身子
寒霜雨雪，摧残不了坚强意志
向着更高处，节节攀升
这是一场限制
与自由的暗中较量
冲出禁锢，矗立于天地间
人生贵有虚心竹
正是你的写照

茉莉香爱无痕

没有牡丹的雍容华贵
没有玫瑰的艳丽浪漫
百花丛中，你淳朴洁白淡雅
静静彰显着独特魅力
清秀幽娴含蓄，是你的品质
天然芬芳沁人心脾
是你的无私

你赋予诗人以灵感
你送给劳动者酣畅淋漓
从不哗众取宠
自然的美，令人心旷神怡
用坚毅的姿态
与碧草，展示生命的风采
直到芳华落尽

你以从容的步伐
走进千家万户，伴随着茶韵缭绕
谱出清香温馨、积极向上的优美旋律
你于夏日，匆匆赶赴一场
纯洁的生命之约
将圣洁摇曳

苦，杏花

年少时
喜欢做不着边际的梦
沉醉在令人落泪的故事
然后，悄悄书写自己的心思
那一片云，裹紧渴望
期许的眼神
掠过云层下的山冈
把悲苦
藏进飞翔的羽翼

世界多么小
世界又那么大
双脚抽离的土地
回到属于自己的天空
收尽牢笼的春光
一条山川空荡荡的白
在一个月夜，她伸出双臂
抛出心扉
任风一遍遍，再一次
将忧郁吹散

叶子在低音浅唱

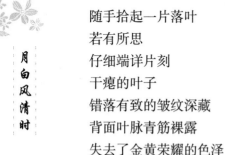

随手拾起一片落叶
若有所思
仔细端详片刻
干瘪的叶子
错落有致的皱纹深藏
背面叶脉青筋裸露
失去了金黄荣耀的色泽
只剩青灰色

它曾多么丰满光亮
墨绿的叶片，闪耀着希望
风暴中不折不挠
烈日下，翁翁郁郁遮挡骄阳
在命运寒流突袭时
蜷缩着身躯，瑟瑟发抖
无人理解
枯叶似蝶的低吟浅唱
把诗意留在秋季

以梅的方式走近你

那么多的梅花
白里透红
红里透着粉
闲庭信步
我任意折下其中一朵
放在鼻翼处深吸
一股淡淡梅香
沁人心脾

走进梅与雪的世界
每一朵梅的花瓣
都是一滴泪
花开花落
花相随
来路与归途
在风雪中凛然傲立
花瓣雪中舞蹈
香魂留人间

幼鸟让大海醒着

三月风骤，一夜之间
吹醒了海水的梦
那一排排白色的浪潮
迫不及待地一波
紧跟着一波
涌向礁岩

礁岩上，一只小青鸟
静静望着远方
沉思的样子
像极了思乡的人
海风轻轻吹，海浪阵阵涌
小青鸟，神态安静
眺望远方

一艘游船，正慢慢驶来
船舷上
停立着一只很大的青鸟
那是它的妈妈吗
小青鸟，眼睛一眨也不眨
凝视着愈来愈近的船
和那只大鸟

美景都不闲着

樱花，一簇簇绽放枝头
我的眼泪溢满双眸
云雀，千啭
江河微漾清波
摇动着水中的云朵
蝴蝶张开翅膀
扇起云谲风诡
风起于青萍之末
长歌被旷野张扬
斜晖脉脉，水悠处
一朵花开了

等一场雪，雪可以覆盖
满眼的悲怆
找一抹灰色的拂尘
装扮这粉墨的江南
樱花烂漫，桃花灼灼
梨花带雨时
应该还有些花儿等着
隔窗，是清明上河之前的穿梭
该绽放的
都请次第绽放吧

一棵树的纷飞

世间万物，皆有生命
树也是有灵魂的
大自然真是妙不可言
一棵树的纷飞
枝叶，像无数小巧的翅膀
驮着花香鸟语
在细雨在阳光下
带来心灵的平静
和安宁

抵御因风速而带来的颠簸
持续在原地盘旋
根须拽紧
这颗流浪的地球
奋力朝着头顶的天空
仰直脖颈
飞呀飞
翱翔的春色
竭力向上

银杏倒影湖水

很早就听你说过
那满目的金黄
是秋天，送来的礼物
在天空中肆意飞舞
飘荡在碧绿的湖水之上
还是潮湿的泥土里
哪里都有你
多情的身影

去吧，在这里生根发芽
不必担心冬来的消亡
冬眠，是为了明春的厚积薄发
美在根系，盘根错节
伸展悲怆的年轮
婆娑摇曳，饮尽甘露日华
寒枝对月空余影
枯叶落时不待风
捡起一片，夹在书页里
以证来年

苍鹰与我

狂风暴雨裹挟雷电
苍鹰，受命于黑色风暴
搏击天空
不论风云怎样变幻
世界在我眼里
依然是我身影无法
抵达的地方
而苍鹰却可以

乌云像一座山向我压来
将高山踩在脚下
此刻，我目光如利刃
劈开云层
将抖动的双臂
伸向遥远的天际
悲天悯地般的呐喊
穿透苍穹

我与苍鹰不惧风暴，用尖锐
和毅力，将生命光芒点亮

蝉

这是夏天独有的音籁
打开粉色信笺
字里行间，跳跃着许多星星
读到秋意阑珊，桂花飘满枝头处
一瓣瓣，一簇簇
是月光弹出的无数珍珠

我的思念，由来已久
即使小心呵护
还是被穿了一个孔
而蝉也赶过来凑热闹
仿佛了解我，痛入骨髓的哀伤
莫非它也经历了思念的苦楚
不停诉说着：知了，知了

短暂生命中
蝉在不断地蜕变
夏天就要逝去
我听着这最后的鸣叫
眼眶中的两行泪
润湿脸庞，秋天逝去
寒冬即将来临

盛世的鸟鸣

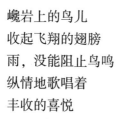

巉岩上的鸟儿
收起飞翔的翅膀
雨，没能阻止鸟鸣
纵情地歌唱着
丰收的喜悦

天地间的趣味
汇聚在一起
将少女从闺梦中唤醒
与蝴蝶做一世朋友
抛开所有羁绊

我在一种爱的存在里
做一束永恒的光
盛世鸟鸣
等待光来慰藉
鸟的归宿
就是我的明天

小小萤光照亮空旷

够不到星月
够不到你
心，徒添一分清冷
捉几只萤火虫
瓶中安放
小小萤光照亮空旷
燃起希望

游走在林间小径
找寻年少轻狂
那催人老的无情岁月
磨去了我
曾经的快乐时光
只剩下无尽的惆怅
和中年迷茫

诉说旧时过往
明知走不到白发苍苍
多少日夜，一个人在枕畔
凝结心酸和惆怅
跌入重叠午夜
笑谈曾经的梦想

踏　青

当绿叶与青草
铺陈大地，一些野花
灿烂了这个春天
寂静或者凋零
守着夜的黑，等待一个
又一个黎明

清明雨，已落尽
伴着春光，缓缓前行
春天来了，四季依然交替
季节短暂而匆忙
一如既往地展现特色
装点秋色

一些残红，沐浴在春风中
感受温馨和惬意
踏着春天姗姗来迟的脚步
不辜负大自然邀约
远离城市喧嚣和世故
在旷野中与风缠绵
不惧风烟

蜂 蜜

一天，回家的路上
乌云密布，突然下起了大雨
我被这毫无预兆
瓢泼的雨，淋湿了全身
当晚，额头滚烫
母亲心疼地给我冷敷毛巾
看着母亲着急的模样
心里别提多难受
却又无可奈何

迷迷糊糊，高热的我睡着了
次日醒来咽喉疼痛难忍
咽唾液，都如刀片割一般
更别提吃饭了
母亲急得团团转
似乎是想起了什么
母亲小心翼翼地拿出一罐蜂蜜
舀出一勺，给我冲水喝
那甜甜的味道
令我至今难以忘怀

追忆的旧梦

橘黄色灯光射在马路上
车子川流不息
街道两旁的树飞一般向后掠去
混沌的灯光夹杂着
不停跳动的黑色斑点
在车窗上晃动
只是在眼前一闪而过
转瞬即逝

流动的云彩
像一个个瑰丽的神话
跌入我的梦里
与时空相撞，迸出的火花
点亮小女孩手中的火柴
奶奶温暖的怀抱
追忆的旧梦与命运同呼吸
心灵也跟着颤动了

五彩门

第一缕晨曦
已经升起
我还留恋在栩栩如生
不愿醒来的梦境
忽然，一只百灵鸟
仿佛从天而降
落在我头上

背起行囊
踏上故乡的小路
无论经过多少年
这里，依然有熟悉的味道
自由翻飞的蝴蝶
围绕着我

雨后的彩虹
急匆匆，也来凑热闹
为我绘制五彩门
用心描出的生命脉络
在我眼前铺展
老屋，顿时光彩夺目
让我更加留恋家的温暖

影子爬上梧桐

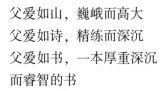

父爱如山，巍峨而高大
父爱如诗，精练而深沉
父爱如书，一本厚重深沉
而睿智的书

风雨几十载
欢笑，响彻田野
孤寂，开成带雨的野花
我始终无法诠释
父亲，那一弯腰的含义
当余晖落下帷幕
岁月，褪去了白日的喧嚣
迎来暮色笼罩

黑夜格外宁静
熟悉的影子爬上梧桐树
星空深邃
一丝丝想念袭来
瞬间，填满空落落的心
树梢上的明月
知道我心声

岁月静好篇

沧桑画出了坚毅

1

岁月，染白了
他的黑发
沧桑，刻满了
他的额头
年轮，压弯了
他的脊梁
双手的老茧
见证了他
一生的付出

2

深沉的疼爱
包含了所有期待
聆听他一生
跌宕的故事
心酸的泪
涌上心头
父亲是门前
一棵老树
守望，执着

永远站在儿女身后
遮风挡雨
和庇护成长

3
平凡又伟大
老父亲
那满脸皱纹的面容
唯有微笑时
留在嘴角的慈祥
随和，却透着
无比坚毅

月白风清时

五月湛蓝

五月的海，已很暖
五月的情绪，已很饱满
五月的天空
已拥有数不清的湛蓝
五月的我
更有母亲深情款款
与关切的呼唤

在晴好天气里
扯一面帆，去冲浪
把忧郁交给背影
把感伤，抛在脑后
把对美好未来的向往
唱给海鸥蓝天

胸中拥有熏衣草的浪漫
让豪情，在天地间
自由奔放
潮头浪尖聆听世上
那一声声最美的语言
是对母亲
无尽的思念

云在眼中安排晴朗

成年人的世界
总是出于无奈之中
谙熟命运多舛
缺失的晴空
化作历经人间百态
柴米油盐酱醋茶
日常琐碎的生活
从而搅乱心情

无风也无雨
灰蒙蒙的苍穹
被压抑得难以透气
凝望深邃，思绪难平
眼底里，渴望晴好的天空
与云朵那份自在轻盈
回眸脚下路
总会有坑洼不平
执着与热爱
在追逐完美中
不断成功

月白风清时

夜晚仍然荡个不停

"黑夜给了我黑色的眼睛
我却用它来寻找光明"
被包裹的心事
在夜晚月亮升起时掏出来
尽管藏着泪光
有些疼痛
心终于有了空隙
可以接纳
星月直刺黑暗的光
和夜风的柔情

可以轻轻舒一口气
找一找月亮
躲起来藏身的地方
想一想银河边的故事
你是否也在望着夜空
想起那天的夜晚
我们一起
曾经荡过的秋千
在彼此心底
即便过去若干年
仍然荡个不停

绚烂之后是轻柔

夜。路口
思念，如水轻柔
爱，没有尽头
绚烂之后
依然将温暖传递
放飞思绪
已化身磐石
不忍断念

镌刻在脑海深处
十指紧扣
暗影的呼唤，恍若回音壁
泪水，轻轻滑落
看不见的痕迹
渐渐明晰
心，已遭囚禁
纵然折翅
也是天空的魂

珍藏白月光

银河无渡，心事如舟
谁心中，不曾藏着
一个白月光
镌刻在心头的初见
是你，秋千上
飘飞的裙裾

你回眸时
眼角的清风
是眉底的明月
一眼沦陷，便是一生
人间事，因果遍布
而真爱从来都是
不语悲喜

以爱的名义

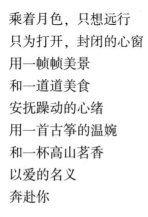

乘着月色，只想远行
只为打开，封闭的心窗
用一帧帧美景
和一道道美食
安抚躁动的心绪
用一首古筝的温婉
和一杯高山茗香
以爱的名义
奔赴你

你在欣赏明月星光时
夜色，窥视着你的心事
一阵清风徐徐
一种惆怅
在此刻油然而生
一人一猫也很温暖
因为彼此简单
依靠着

余生，河山静好

只需一条清澈小溪
一畦小花园，一亩良田

清晨，有鸟鸣悠扬
傍晚，有蛙声此起彼伏

一把摇椅，一枚竹扇
河山静好时，岁月无言

站在时光路口
无处不渡人

等你入诗

把月夜
扎成风的马尾
等你一起看
群星璀璨
浩瀚的天空
不为未来所困扰
只争朝夕的每一刻
而在那之前
请你记得好好
照顾自己

我在秋千上等你
伴着歌曲熟悉欢快的旋律
和你相依
我微笑的酒窝里，淌着你
醉人的甜蜜
踩着远山的雾霭
在惬意的蝴蝶梦里游弋
那芳香四溢的诗句
与悠长的芬芳，正赶上
思念的汛期

秋千摇荡星光

想起你
时光如老照片
虽已褪去色泽
却依然清晰

秋千摇荡
一会儿掠过草地
一会儿去摘颗星辰
就是触摸不到你

它在尘世，又不在尘世

幽深的夜，空旷静寂
容得下世间，所有的爱
稀释过凡尘
所有的凉

于是，想借一缕柔柔晚风
或一卷旧词新句
在你我之间
系一架金色的秋千

我可以，荡入你心里
种下一片金黄
你也可以，荡进我的怀中
与我共唱尘世梵音

月白风清时

梦如清风

夜空。满天星
天使把童话
偷偷，装进我的梦
长藤秋千下
飘来清凉的风
秀发飘逸
牵起摘星梯绳

我的梦，每一个
总是不同
有远方的期待
有近处无边的风景
还有神秘莫测
莫名的仙境
美丽的女孩，你可否
能来到我的梦里
与我一起
数星星

夏夜，月下听风

夏夜微蓝，绽放着思念
和温暖
唯美的五月
让情愫，恣意璀璨
漫山熏衣草的蓝
让季节，盈满了欣喜
与感悟
笔染葱茏，字里行间
薰香弥漫

驻足花前，月下听风
那一抹流动在眸里的菩提
在眼前生动起舞
心底的潮汐
随即漾起微澜
无需多言
所有的心事
已在沉静里饱满

活出绚丽

晚霞，眷恋着云
倔强地
将最后一丝色彩
按进云的怀抱
任由嫉妒的目光
凝视，针对
不避讳，不谦卑
勇敢活出
最后的绚丽

从清晨出发

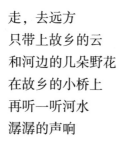

走，去远方
只带上故乡的云
和河边的几朵野花
在故乡的小桥上
再听一听河水
潺潺的声响

走，去远方
在春天的清晨出发
闻着花香，听着鸟鸣
一路尽情歌唱
归来时，带回新的观念
和思想
建设家乡的心愿
永不忘

香在深处

暮霭中，风骨依然
稳健厚重的臂膀
托起万千生灵的梦想
不燥，不恼
踏实地接受淬炼
和洗礼

花香从水岸飘来
揉碎无眠的夜
芳香收纳着世间
所有的烦恼
与忧愁，婆娑月光下
唯愿，熏衣草深处
能闻到你的发香

风吹过了风

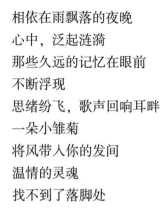

相依在雨飘落的夜晚
心中，泛起涟漪
那些久远的记忆在眼前
不断浮现
思绪纷飞，歌声回响耳畔
一朵小雏菊
将风带入你的发间
温情的灵魂
找不到了落脚处

甜蜜，已开始在心中扎根
漂泊之苦远离我
内心不再挣扎
我思念的亲人啊
在大雾中，化作天使
羽翼发出的白光
点亮雨夜

路口相遇

人生，有无数
转弯的路口
有太多的萍聚萍散
因为认识了你
从此有了
一段美丽相遇
地老天荒的誓言
泛一叶扁舟
在海上，写下岁月
久藏的沉香

为了你
也为了我自己
选择了牵手
就不能轻易说放弃
拥有你的真诚
我一定会好好去珍惜
不管是在今生
还是来世
相遇的路口
我一定会等你

感受三万天

月白风清时

细细感受
躯体内的每一次阵颤
顾盼中，从一数到三万
再百般无聊地从三万
重复数回到一
这是生命的长度
前行路上
充满辛酸和坎坷
一声声叹息
湮灭在时间长河

从呱呱落地
到不知不觉，无法逃避
靠近生命尽头的三万天
与你挥别，泪水无法控制
再也没有爸爸
再也看不到你慈爱的眼睛
而你走时，我的羽翼
还未丰满

雨 后

草芽儿，冒出了尖
雨过天晴，阳光格外暖
白鸽，展开翅膀
飞向蓝天
雨露沾染你的发尖
想起曾经走过的校园
栀子花开
映着你的笑脸

小溪边的蝉声
叫醒懵懂、叛逆的少年
多年以后再次想起
雨后温软的草地
我们仰望云朵
把两颗渴望远方的心
飞向夜空中的星河

爬起来养好伤

已是花谢
就不要想念
花开的美丽
已是寒冬
就不要惦记
炎夏的狂热
已是今天
就不要回忆
昨天的成功

今天就在脚下
昨天早已成为历史
在人生的路上
摔倒了
就重新爬起来
拍拍泥土养好伤
不痛了
迈开步子继续走

晚一点走向秋天

迷人的秋日私语
划破夏日燥热的惆怅
轻快的音调
迎来一片片丰收的金黄
闲庭信步在林间小径
沉醉于收获的乐章

点亮陋居昏黄的灯
锦书难寄
烟火深处，竟如整个秋季
一般漫长
天空，是一块硕大
又无边的镜子

船队搁浅
群雁无声掠过
云彩的倒影
漂浮在家乡的池塘
秋天的雏菊
开着寂寞

新鲜地老去

人生如书，记载着
岁月沧桑
人生如梦，像流星
划过夜空

失去往日辉煌
活着的人，为理想去拼搏
求知的欲望
让你冒险远航

时光的利刃
在额头刻下道道辙痕
渐渐变老过程
也有成功后的喜悦

不要只去绘制美好蓝图
要做跋涉巨人
只有在知识海洋里
吐尽最后芳华
才无愧人生

梦是孩子的花园

遥远的山脉
有梦想中的城堡
没有名字的河流
与小溪
载着百鸟的快乐
和林中虫鸣
一路欢呼雀跃
奔向大海

星空璀璨，高高的天顶
有孩子渴望的花园
单纯，是童年时光里
最真的梦
无忧无虑成长
梦里的花园
花香弥漫，小鹿撒欢
还有绵羊做伴

彩虹为证

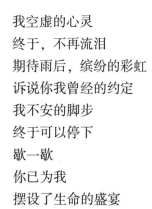

我空虚的心灵
终于，不再流泪
期待雨后，缤纷的彩虹
诉说你我曾经的约定
我不安的脚步
终于可以停下
歇一歇
你已为我
摆设了生命的盛宴

冥想之美
时光如此奢侈
豁然惊叹与你有约
是永恒之约
彩虹为证，月亮为媒
我高歌爱情的美妙
我敬畏生命的喜悦
连七彩的麋鹿
都来为我送上斑斓的种子
和相思红豆

寂静的城市

黎明，被鸟儿唤醒
花香冲击味觉
流入内心深处某个角落
幽静的清晨
一种莫名的情绪
在心中蔓延

走在藤蔓绕墙的小巷
一丝感动涌上心头
偶尔有车辆驶过的鸣笛声
风，吹着我的发丝
漫步小径
细品清新空气
都是温暖和柔和

走过白天喧闹，繁华过后
悄无声息，静谧时刻
我抛却所有烦恼，不再纠结
生命短暂
用我指间滑落的小诗
书写人与自然和谐安宁
共赴春暖花开

梦中靠岸

微风送我回去
那悬在玻璃门上的锁
辛苦守着家门，我脱下沾满雨水的鞋
摁亮电灯开关
瞬间，白色的光剪破黑暗
我以一支画笔，勾勒出
明天的计划和目标
我想去看望长眠河湾的父亲
小树撑起挽联，肃穆凄凉
笼罩着苍茫的夜

此刻，连蝉鸣也不敢打搅
这可怕的沉寂
父亲，难道你彻底把我遗忘了吗
从过去睡到现在，依然不醒
再也看不到你鼓励的眼神
曾经的我是如此顽皮
我能感知你对我的爱有多深
一直默默守护家人
平凡中透着坚毅，随和中显着刚强
你的样子，总浮现我眼前
在我梦中靠岸

月白风清时

仰望星空

明天，父亲节
今夜，我仰望星空
找寻属于父亲的那颗星辰
夜空深邃，浩瀚无垠
我久久地凝望
细细觅寻

终于，在思念里看到了
我慈祥的父亲
多年以前
那个寒冷的隆冬
父亲走过的路
竖立成心碑

我延续了您的生命
您却走完了自己
一生的旅程
平凡的父亲，平淡光阴
勤劳节俭，恩慈严谨
用疼爱呵护我们
长大成人

父爱如山，恩似海深
还没将您好好孝敬
就离开我们
父亲德高望重，宽厚待人
乐善好施，孝老爱亲
体恤右舍左邻

默默付出，不计回报
他幽默风趣，智慧过人
仁慈心善，和蔼可亲
父亲，并没有走远
天边那颗闪烁的星
就是父亲
看我的慈爱眼神

阳光雨露

窗前的小树苗，发芽了
母亲挑着衣架
她在窗前晾起纱
微风扬起
飘动的纱布
罩在树苗刚发出的芽

母亲的笑容
像是树苗赖以生存
汲取的阳光
又像是
清晨第一滴露水
滋润茁壮

树苗，柔软得每一个动作
都如此令人怜惜珍视

遗 产

月白风清时

一辈子
只留下笔直脊梁
和严肃的形象
来世间一趟
跌跌撞撞
读着他
并不高大的背影
一路坚强

阅读时光

捧在手中的一本书
挡住了喧闹诱惑
一字一句
沉浸式阅读未知的世界

我的一颗心，迷茫不安分
在浩瀚的书海沉浮
心里住着对知识的渴求
和无法抑制的欲望

孩子也和我一起阅读
在他的眼睛里，书上的牛羊
能走下来吃草
所有事物都是活的

但愿，某一天
他还能拥有这个超能力
微微一念，亲人就会从天堂
回到烟火人间

遗失在时光韵脚里

追逐，寻觅
那些遗失在时光韵脚里
平仄字句
在每一个黄昏
与花相遇
诗意的美酒
斟满了清欢的杯盏
安静如我

内心仅存的一抹静寂
变成了个人欣喜
找不到可以表达的方块字
我心中深藏着强烈欲望
我对诗的狂热
没人能懂
而今，我不再压抑
心已被液体之火
点燃

与你有约

我匍匐在山脚下
举手投足
虔诚地叩首祈求
动作幅度比平日里夸张
我知道
前世我是一颗石头
今生依然没变

眼前的这一座高山
我从未逾越过
山那边有我的向往
蓦然间
坐卧抑或行走
有了翻越的欲望

溪水欢快地唱着歌
云岚初升
远山看起来有些朦胧
我与山中的老翁
飘然而遇，彼此颔首一笑
相约品茶，娓娓交谈
与前世今生无关

捞出灵性句子

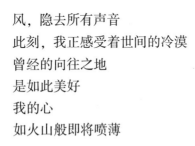

风，隐去所有声音
此刻，我正感受着世间的冷漠
曾经的向往之地
是如此美好
我的心
如火山般即将喷薄

竭力摁住起伏不定的情绪
忍受怒火
一阵阵呼啸的西北风
充斥着人生的每一个角落
岁月令我躁动不安
走不出心篱枷锁

雪舞银蛇
吞没不了我心中山河
千山万峰，陷我于无尽蹉跎
信念高于一切
一杯烈酒心怀炽热
燃烧心火，奏响胜利的凯歌
捞出灵性句子
抒发最温柔的沉默

创业弦歌篇

我以树之名

我以树之名
根植于家乡的土地
守着老屋的炊烟袅袅
接收阳光雨雾
我以繁茂的葱茏
和对大自然的无限渴望
护佑万年前的幼株
长成万年后大树
我的思维看似处于虚幻
实则游离现实

我硕大蓬勃的树冠
隐藏着一个梦想
隐身其间的念
在林林总总岁月的沧桑里
披上厚重的青苔外衣
无形却有据可寻
我放下所有的不甘执念
和曾经的卑微
在故土无垠的守护中
建一个欲望禁区

艰难和珍贵二合一

怀揣创业的梦想
像鹰隼一样，在天空翱翔
心有创业的激情
仿佛澎湃波浪
载着一叶轻舟启航
开辟阵地，投入力量
就能铸造辉煌
书写财富神话
和雄奇壮丽的篇章

璀璨笑容的背后
有多少汗水的挥洒
心血在流淌
有多少艰难抉择
在岁月沧桑中变迁
辛酸苦涩滋味
独自品尝，面对重重迷雾
和那数不尽的风雨寒霜
是退缩，是放弃
还是坚持理想
一个声音在耳畔不停回响
脚踏实地，一如既往

哀 叹

子夜时分，慎独静思
淡淡月色如水
疏星如此寂寥
霜寒初上
荡摆在一根根
潮湿的松针
肆意装点着秋色
落霞孤鹜，超然孤绝
不及心中的那缕白月光

早起的少年
欢快地踩着幸福
站在岁月无涯处
时光调皮走过我心坎
在恋梦夜风冷冷之中长叹
可否保存初见时美好
你的眸子中
满是无奈哀婉
比我的灵魂
更高洁

我的背影成了谜

如果，某年某月的某一天
我从世间离去
请不要为我悲伤
我只是到了很远很远的地方
跨越维度旅行
我不要精致的红色七尺棺椁
请把我带着思恋
与梦的骨灰，散落天空
大地和海洋

如果，某年某月的某一天
我从世间离去
星辰成为我的眼睛
春风是我的手
每一个角落，都有我的魂魄
请让我的鲜血
浇灌每一株盛放的花朵
请把我的炽热之心
化作呵护万物生长所需的阳光
普照故乡这片土地

狂　想

水云间，影颤颤
我将被悬空一个小时
越过荒凉和苍茫
飞行到浪漫的海边
用诗歌长短句
消解旅途漫长的疲惫
画一般落霞
酒一样夕阳
天空掉下一滴泪
是我无法承受的伤

夜雨狂想，野花微香
窗外的乌云，有共鸣的柔软
伴我暗夜，几度思量
是不是我太紧张，无法隐藏
那份爱，我的情深
似那片海，一生一世难分开
地老天荒痴心未改
未曾离开原点
依然固定节奏
缘何令我精神恍惚

不用扬鞭自奋蹄

醉意朦胧
街灯也已入梦
一个人感受这夜的寂静
体内似有呼之欲出
奔腾的脱缰野马
扬尘的马蹄
踏过线装的经卷
和世俗眼光
奔向远方广袤田野

原始的牧场
净化纯净的心灵
旭日红彤彤
缓缓从东方升起
阳光照射世间万物
我也沐浴其中
倾其所有
尽自己最大的可能
给予家人爱心

我的思绪
游走在广袤的草原

月白风清时

黄昏的地平线
似乎是从天上
掉落了下来
我绕过一片柳树林
跃上枣红色战马
暮色里
不用扬鞭自奋蹄
而我
成了这群马
和这片肥沃土地
唯一的首领

劳动者

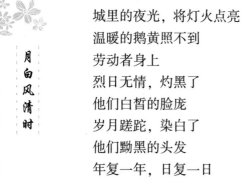

月白风清时

城里的夜光，将灯火点亮
温暖的鹅黄照不到
劳动者身上
烈日无情，灼黑了
他们白皙的脸庞
岁月蹉跎，染白了
他们黝黑的头发
年复一年，日复一日
佝偻的身躯
不再强壮

晨曦唤醒黎明，隆隆机器声
打破酣梦，一砖一瓦
垒着希望
血泪铸就城市辉煌
作别故土，融不进繁华
文明的车轮不止步
亘古大地，承受多少感伤
铮铮铁骨未曾离去
日夜工作，皱纹爬上额头
一座座高楼，拔地而起
劳动者从不轻言放弃

扼住命运的咽喉

秋叶，白日从荒野走来
甩掉紧凑
而又短暂的黄昏
我迎着萧瑟的寒风
决不放下抗争的双手
心魂若在
风也隐不去
我敢与天斗的豪情

扼住命运的咽喉
任由前路坎坷
任凭岁月沧桑
决不弯下挺拔的脊梁
拿起笔向苍天怒吼
举起手，向命运开战
御剑独自行进
誓不屈服

男人没有偶像

五花满山，秋意阑珊
混着浓绿、绛紫
和枫红的远山
探知深处未知的命运
此刻，灵魂呼唤我贴近你的身体
一心一意，告诉我
男人没有偶像
深沉是男人挺起宽厚的胸膛
给所爱之人，温暖责任和担当
多雨的黄昏，浓雾下
齐鲁大地依旧葱茏

在日月交替，讶异的千里之外
我保持岿然不动
我的字典里，没有卑微两字
我的倔强
来源于我坚韧不屈的性格
我不需要暖身
一挂弯月即可成全我全部念想
无须含糊其辞
我将以胜利者的高傲和姿态
告别纷扰诸事

不为痛苦而活

此刻，经线和纬线
相互交替，为我值守
吹不灭的光
成为夜晚我眼眸里
升腾的希望，唤醒头上
三千星宿

我知道，所有痛苦
都是上苍给予我
不断的考验
我遗落船上的酒杯
溢满苦涩海水
我在狂风暴雨中无助

涛声此起彼伏
拍击着峭岩
礁石牢牢地将船舷咬住
我不为痛苦而活
信念，拉紧我的双手
呼唤想逃离的人

填充生命历程中的空格

品尝生活的甜蜜
给韶华，填充多种颜色
种植灵魂的花园
萌芽，生长着刚毅和坚定
梦醒的时候，听见岁月之歌
穿越城市

花开花落，摇晃的叶子
仔细倾听就够了
生命的真谛
以数倍的方式给予我压力
我在通往春天的地铁
给走失的孩童一个微笑
那一刻，万籁俱寂

暖风拂过梦湾
太阳，像金色的灵魂
在水中央追逐
你右耳上
微微绽放的秋色
只是一种我较为形象
又贴切的比喻

遗　忘

我的眼睛，四处漂泊
此时，我的心停止了呐喊
一些镜像，浮现我眼前
掠过站台的风景
纳入眼底
却走不进心中

我的体温，在逐渐冷却
尤其在夜里
我感受到无比的孤独
你的身体还残存着我的温度
微闭双眼
让大脑停止思考

洒脱，是人生的信条
冷风像无聊的慰藉
而遗忘，令火焰在旷野上复活
燃烧，燃烧
天空漏斗的伤疤，随山水
皆已融入我心扉

有一点傲气

生命之门在晴天开放
时间兜兜转转
忽略的记忆
在这个季节突然清晰
傲然是生命的底色
某个章节
渲染在四面楚歌的滚烫里
我曾泅渡青春韶华
荒芜的老屋
早已失去了往日的热闹

岁月惊涛
无法淘洗浓酽的乡音
傲骨滋长芬芳
痊愈了自卑的心
踩着中庸隐匿的棱角
深耕年少彷徨
不是无用的挣扎
而是生命逆境中的绽放
孤傲坚定不移
砌垒厚重的沉默

160

约束与力量

或许，在动物的世界
也需要有约束
我曾看过一个短片
一只狗子
经过严格培训
成为一只优秀警犬

在某些资本眼里
人类，也需要驯服
变成温软、忠诚
和没有反抗
于是，就有了阶级
有了穷人和富人之分

约束是一阵不停息的风
吹着生命的声响
力量是心中萌发希望
在孤寂的黑夜熠熠生辉
我们只是宇宙中一粒微尘
风烟过处不留痕

宁　静

稻谷，垂下头来
沉甸甸
一望无际的稻田
此刻，是如此宁静
只听到风声
在耳畔唱着温柔的歌

我站在稻田垄上
也低着头
思忖，日渐老去的身体
挥舞的镰刀
也失去年轻力壮时
闪光的锋芒

我孤零零地伫立在那里
心如大地一样空旷

走向成熟

麦子，摇曳在风中
金灿灿麦穗
热情地忘了季节
锋芒努力向上
构成了优美诗篇
收割金色
追逐着幸福
几句赞美的词联在一起
留下一串诗行
和鸟儿开心的歌唱

从梦境里走来
劈柴，做饭，喂马
我只想做一个
平凡的人
不迷失生命的初衷
站在山坡俯瞰
金色的麦浪翻滚
倾听生命赋予的意义
一束光线照向山冈
我心花怒放

心在风中荡漾

汇聚祖国的红
一首首欢快的乐章飘出
镰刀斧头露着锋芒
一颗颗五角星
反复打磨辉光

蓄势动力火焰
照亮前方
吹奏嘹亮的军号
托举战士威严的钢枪
飞渡江河之上

心在风中荡漾
把所有欢笑和故乡炊烟
凝聚在一起
汇成一盏盏明灯
照亮夜的苍茫

铸造一轮金色太阳

最美的风景在海边
风悄然钻进胸膛
有些事情
已成为美好过往
曾经懵懂少年
早已变了昔日模样

不忘同窗的风雨兼程
东边的彩虹桥
绚烂了一季的遐想
温暖召唤我
追逐阳光
迎着万道光芒

羞涩的身姿
潜在那一汪水的中央
含情脉脉的眼神
不经意流露出
花儿般娇艳
和对爱情的渴望

海岸，被七彩云霞

层层笼罩
美妙瞬间浮现眼前
犹如昙花，刹那绽放
阳光凸显生命的神奇意义
风将忧愁一扫而光

在平淡无奇中
活力四射
盘桓在远和近之间
青春充满疯狂
善良于喧嚣中沉寂
软语心声在耳畔回响

迷雾，隐去扬帆的小船
远离城市的喧嚣
和温馨的港湾
让拥有的希望
和金色太阳
随崖壁攀援而上

自由不羁的灵魂

点燃蓬勃的思想
决不沉湎于
平凡命运的焦灼
不抱怨生活
自由不羁的灵魂
是岁月独有的荣光

平凡也可铸就信念
沿着成长之路努力前行
再漫长的苦闷
都能在琐碎中拾起
短暂幸福
和瞬间的守望

告别青春懵懂
信念滋养我的诗行
走向中年的疲惫沧桑
曾经涌动的梦想
是夕阳长醉
五彩画卷的释放

折叠的秘密

黄昏时分
落日跌进涟漪里
像无家可归的孩子
在村子的路口
安静地独自告白
我将心中所有的秘密折叠
把它藏在秋色中
在风还未抵达的地方
期待有一场雨
与一把伞独舞

遗落在夜色里的月光
清冷孤绝
时间仿佛顷刻间凝滞
白雾渐渐散去
留下寂静
苍穹像一只硕大的碗
盛下世间所有痕迹
我在二楼陈旧的书房里
栽种蓝色梦想
穿越凝重的星空

我微醺的足痕

初升的太阳
照在你的亮眸
金色的十月
缀满了红色珍珠

如水的心事
在秋色渐逝中老去
黄昏与落霞
等一场镜花水月的夜

循着山月的轨迹
我踟蹰独行
流淌在时光里的纹路
有深绿也有浅绿

我微醺留下的足痕
踏着寒暑的平仄
也有着千帆过尽后
不为人知的优雅与从容

169

为群山树木祈祷

一个奇异的梦
随落叶而至
那些旅途中遇到的美好
小心呵护着生命之花

夏的丰硕
与秋的圆满
终于凝结成独属于
你的浪漫

偷来一份闲适
迷失在一片古老森林
神秘的气息
弥漫在林海中

这世间美好
有谁能拒绝被泥土
与青草芬芳
所氤氲的甘甜?

柔嫩的绿芽拼命生长
不知道是什么时候

寄托天空的云
以雨的形式布施

满山绿植葱郁
激活了整个盛夏，听不见
轻柔话语是小小的你
在林中探险

城市的喧嚣里
你始终是一把温和的利刃
刺向不为人知的
人间烟火

你说，爱是宿命
不爱也是，总有一些秘密
隐入跋山涉水，也有一些秘密
暴露于灯火阑珊

脸渐渐瘦削，一种迷人轮廓
心灵之魂像天上星星
趁太阳，被枝丫遮住休息时
为群山树木祈祷

请扬起你心中的帆

清晨，我从梦中醒来
灵魂的帆
再一次穿梭在松溪河畔
风中涟漪，讲述着
一段不曾知晓的过往
我心中的世界
有微风，有细雨，也有花信
蝴蝶的舞蹈，绚烂了一个季节
萤火虫执念有灵
心中燃烧起不灭光亮
星星眨着眼睛
百合依依不舍

流连月光，月光照亮山冈
黑夜依然在静默中
苦苦寻觅答案
远处浪花接着天空
世人入梦
心灵像澄澈的泉水
梦中的橄榄树
在蓝天下挺立，一排大雁
唱着和平快乐的歌

也说锋芒

生活的重担让我失去锋芒
于是，我沉湎于山水
我藏于草木沙石
隐入一朵花蕊

我将喜怒哀乐抛却脑后
用淡然平和的心态
与山水、天地融为一体
我渺小如蝼蚁存在
又似乎虚无

人生若蜉蝣，敬畏岁月变迁
我已五十知天命年纪
世事沧桑在我眼前
怆然涕下，念过往历经苦难
锋芒于我已不再

陋　室

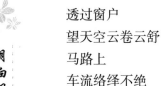

透过窗户
望天空云卷云舒
马路上
车流络绎不绝

品茗清茶
杯中自有乾坤
天地在眼前铺展
山水溢满心中

阅读一部书
讲诉今世来生
古今中外多少事
皆在方寸间

星月明灭，亘古不变
循着各自轨道运转
而一年四季气候的节点
则顺应天地

我的陋室虽小
却是我看向外界的窗口

少年志

恰同学少年
少年也有少年狂
我的少年
有快乐也有烦恼
我不喜欢对别人诉说
而夏洛特也有烦恼
这点我们一样

我讨厌烟草的味道
清新的空气
被其污染
突然挤进鼻翼
和心肺的刺激味道
仿佛回到清朝
鸦片时代

我的少年并不呆板
我也有闲情逸致的兴趣
青石板古道
有我踏过的足迹
带着家人
一起游历山川河流

是我回馈亲人
和朋友的另一种方式

我吟咏落叶的金黄
和满目泛滥的惬意秋色
千娇百媚
更有山河无恙
这些无疑
是铺陈我枯燥生活
与其乐融融的怦然心动
仅此而已

诗人的梦

握在手中的鹅卵石
没有棱角
却依然有着些许的温热
投掷湖中
水面荡漾开来
我的心，也随之
泛起涟漪

陨落的流星
替大地照管夜空
诗人的梦，总是与众不同
我用眼睛
不小心，撞开了一个
又一个黎明

我的梦醒了
玫瑰花一般盛开
不要取笑我，用力过猛
我已在风的腋下
找到一处安放心灵的栖息地
心中悬着的念想
随之隐入尘烟

痴 迷

夏夜景致依旧
青草，绿茵茵如毛毯
但愿还有一盏灯
也有值得等待的那个人
树上蝉鸣，此起彼伏
不知疲倦

一个人，湖畔徜徉
情感无处安放
曾经那个忘不掉的人
早已不见踪影
岸边杨柳，随风摆动
仿佛读懂我心

步子放慢一点
这一池旖旎
恰似一帧唯美画卷
任思绪飘飞，我心深处
若我是一只候鸟
一定不会迁徙

我乘坐遗憾，与你同行

点燃一支烟
燃烧一段焦虑
脚步徘徊
小径长满了草
约定被无情撕毁
心，无处存放
每一次谎话都变成流言蜚语
我无休止的等待
凝固成一条又一条
奔流的小溪

你像初升的朝霞
我不经意的一个眼神
便被你偷看到了
我的隐私
和说不清的感受
不再彷徨犹豫
我乘坐遗憾和期待
与你同行，你的轻描淡写
注定在我远去的行程
留下残缺

当平凡遇上可爱

荒野，刮起呜咽的风
城市陷入前所未有的萧条
风中，传来了人们
绝望的声音
人心惶惶时
是谁站了起来临危受命
一抹纯净的白衣
如同破晓光明
穿透厚重的云层

生长在这片土地
即使泪水
和汗水模糊了双眼
即使转身须得忍受别离
和悲痛
却依旧义不容辞
拨开云雾，让天空重现光明
这便是白衣天使
平凡可爱
最普通的人

赞美热爱篇

意想不到

一群鸟儿落在树梢，保持沉默
于是，我也安静地回味
一段旧时光，通往老宅的小道
往事如潮
用新的视角，看待明天
让灵魂，有个安放的地方
清晨太阳，将一粒尘埃的伤痕
顺着我手心的掌纹
在老槐树下，保留憧憬
打碎旧时光

闭上双眼，云雾若隐若现
吊嗓的声音如此嘹亮
不困扰于过去时光
不迷失于他人的谎言
安静地做好自己，身心合一
与心灵对话，与灵魂共舞
一颗孤星，悬挂夜空
我永远也意想不到
灼热的气流，透过轻薄的窗纱
于是，那晃动的曼妙身姿
今宵住进我梦中

阵痛，从束缚中挣脱

每一次遇见
不留下丝毫遗憾
阵痛，从束缚中挣脱
我秉承不枉此生
执迷于虚幻是偶然
爆发炽烈激情
许我无限美妙时光
静听母亲温言

行走在人世间
我哭我笑我奋进
不甘于平庸
我虚幻我实有
我的灵魂
依附于母亲的胸口
声音在土壤发芽
农家小院成长
田地里绽放

眼界以外

暖风徐徐，苍柳拂面
一位歌者撕开胸膛
将心扉尽情释放
我被他的歌声震撼
跳出的音符，由丹田而出
撞击着空气

打磨金色的月亮
循着温柔轨迹
一点一点地升起
孔明灯，带着我的心愿
载着希冀，缓缓飘向
深邃的星空

无数星子，落在水中
河畔两侧的地灯，闪着幽光
蓦然间，想起一个人曾说过的话
世界尽头是宇宙
宇宙的尽头是眼眸
有些情怀，不是在心里
而是在眼界以外

追忆往昔，品味青葱

无论身在何处
你送我的那一纸小诗
我把它藏进日记
每当翻看时
看着熟悉的笔迹
仿佛嗅到你淡淡气息
这份情难以割舍
触动灵魂深处的感知
让心灵更加宁静

花蕊中弥漫着香气
时间，悄然流逝
吟咏缤纷春意
随我走过年少轻狂
一纸小诗，一段旧时光
是魂牵梦萦的标志
追忆曾经，品味青葱岁月
仿佛听到你低语
韶华一去不返，逐渐走远
草叶上滚落的露滴
稍纵即逝
告诉我要惜时

自由的化身

带着阳光的温暖
和月亮的清辉
将深藏的热爱
隐于奔腾的血液之中
我的冷漠
来自于我不断攀升的高度
我骄傲的头颅
只有在困倦的时候
才会低垂

我在云层里流浪
彩霞里穿行
感受风带给我的惬意
我是自由的化身
将羽翼根植云天之上
亦如那皎洁的月亮
被无数人仰望
而我仍在思考着
自由的真谛

谁人将讯息寄于笔尖

纤云素手
拂过安静的琴键
曲水流觞的音律从指尖
缓缓溢出

我的影子
在月光里生根
我的灵魂
在放纵中解脱

一朵云，在天空酣睡
一只蜻蜓，孑然荷塘中
在雨后的莲蓬叶面
写满平仄小诗

谁人将讯息寄于笔尖
记录流年曾经
如同水中的浮草
抚摸岁月忧伤

守口如瓶

将灵魂浸泡在酒水里
你知道，我心中深藏的秘密
盼你来我的梦境
雪花飘落，冬天微冷
读取那颗玲珑剔透的心
怀抱一地虔诚

风筝不语，如天上一片流云
伴着孤独苍鹰
冬青树涌入梦境，带给我
意外欢喜，总是遐想
羞怯的笑容
在我感到冷的那一刻
你将我揽入怀中

你是昨夜我梦里的精灵
有一双清澈的眼睛
美妙的歌声，将我深深吸引
对我的爱，你守口如瓶
而我对你的爱
今生来世，魂牵梦萦
永远不会凋零

圣歌抵达风暴

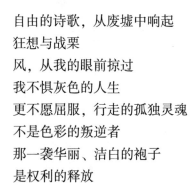

自由的诗歌，从废墟中响起
狂想与战栗
风，从我的眼前掠过
我不惧灰色的人生
更不愿屈服，行走的孤独灵魂
不是色彩的叛逆者
那一袭华丽、洁白的袍子
是权利的释放

大雁嘶鸣，逆流奋力飞
圣歌抵达风暴
旋转着奔向远方
风肆虐过后
阳光给予天地之间无私照耀
尽情汲取沐浴
光芒万道，那一片云霞
托起圣洁

与自己和解

金秋，满是收获的味道
稻浪翻滚，涌向天边
喜悦和希望的火焰
将我故乡崎岖的小路
渐次点亮

走进夏日午后小溪
娇羞的稻谷，大肚子的青蛙
啾啾鸣叫的鸟儿
我与另一个失散多年的自己
在田间地头骤然相遇

拥抱来之不易的幸福
沿着萤火虫的指引
回到那个父亲劳作的地方
守着世代看不够的月亮
与自己和解

爱，像音乐

我爱你中国
用我嘶哑的喉咙
为你高歌
每一个音符，如春雷一般
惊心动魄
我爱你中国
用我每一寸肌肤
赞美你的广阔
风吹麦浪翻滚，歌声传遍
每一个角落

我爱你中国
太阳把万物照射
稻田水中饱饮
一行行舞动，阵阵绿波
丰收美景脑海闪烁
我爱你中国
爱你奔腾不息
任劳任怨地奔波
爱你日新月异
在世界响彻
你是我心中的焰火

一路走来

你从远古走来
带着一路风烟和尘埃
裹挟着岁月的风沙
在盛与衰中朝拜

远方号角，已经远去
今朝的红旗
再一次迎风展开
无论走过了多少路途
华夏依旧澎湃

长江黄河横穿南北
丝绸之路
贯穿疆土要塞
飞入太空的卫星
载着国泰民安

我该用什么去赞美你
我的祖国
你一路从贫困走来
卧薪尝胆
站上世界辉煌的舞台

重温往昔

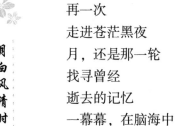

月白风清时

再一次
走进苍茫黑夜
月，还是那一轮
找寻曾经
逝去的记忆
一幕幕，在脑海中
翻涌不息

清秋依旧
却不再有熟悉的人
酒，还是那一盏
重温往昔
摇曳的雨荷
沉睡在梦的水乡
饮尽一份孤独

月亮落在江心
在水中荡漾开来
是入戏太深
还是甘愿沉沦
我放慢朝夕脚步
还是找不到孤舟独钓

戴着斗笠的老人

离别的暮雨
奏响云水禅心
来访的风
也成了天籁之音
敲打的雨滴
诉说着回忆
还有伞下朦胧的你

我隐秘的爱

与飘飞的翎羽一起消逝
我的爱，在此刻陷入了虚空
无法割舍的诗意
和期许的浪漫
在脑海无限地重叠
于是，我将无尽美好
收藏于胸中，那奋不顾身的飞蛾
为追求一束光
牺牲自我

爱，是盲目的
冲动，如飞蛾扑火一般
拿起瘦笔
书写世间所有喜怒哀乐
与悲欢离合
我没有理由让心荒芜
负重的灵魂，唱着继续前行的歌
脑海总有灵光闪现
那些宇宙蕴含的隐秘
貌似与我无关
我只想在现实生活中
撰写永无返程的曾经岁月

乡 愁

时间铺陈，冥想着
思绪酝酿
仰望挂在故乡上空的明月
我曾喝下三杯火热
穿喉而过的温暖
清晰了我曾经的记忆

洒落人间的清辉
洗涤着宁静的村庄
离乡的人
揣着一段神秘之旅
怀着恋恋乡愁
泪落两行
润湿了鼓鼓行囊

梦中我的故园
缠绵出童年的哨音
老屋承载的悲欢
与哀愁，在一瞬间相互交织
窖藏的故事
构成了一断
通向安暖的篱墙

麦 芒

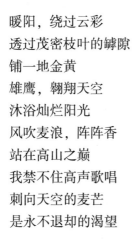

暖阳，绕过云彩
透过茂密枝叶的罅隙
铺一地金黄
雄鹰，翱翔天空
沐浴灿烂阳光
风吹麦浪，阵阵香
站在高山之巅
我禁不住高声歌唱
刺向天空的麦芒
是永不退却的渴望

也曾有过年少轻狂
也曾深陷迷茫
也曾思考，如何报答滋养
却被不羁疯狂
吞噬了未来梦想
在午夜之时，宣泄呐喊
紧握双拳向自己开战
要做挺立的麦芒
爆发出无悔的力量
尽情张扬释放

或许，夜是一个精灵

入夜，街上行人稀疏
以往匆忙赶路的人
都被这酣畅淋漓的大雨
隔在家中
缠绵了一整天
天空灰蒙蒙
雨丝毫没有停下的意思
整个世界
仿佛披上了一袭
黑色的面纱

窗前的梧桐树
风雨打落了些许叶子
捡拾一片遮住眼帘
雨滴和我一起
云上做游戏
轻盈地跳下树枝
滚落在我温暖的掌心
细密的雨滴
打湿我的发丝
冰冰凉凉

秋风秋雨
你们去向哪里
或许，夜是一个精灵
孕育着一种情感
在这个风雨交加的夜晚
总有一种忧伤
无处躲藏
我似乎听到有人叫我名字
来，玩个游戏
我不语
迅速藏起
隐匿在一片叶子后面

眼中的云

我心甘情愿，在临别时
将白纸上的大雪
寄托给天空的蔚蓝
流动的风，磨掉所有边角
以一种近乎完美方式
将洁白的雪
描定成为云的模样
遨游于梦境，勾勒无垠遐想
镶嵌金边的酒杯
盛满了诱惑，愿幸运之星
常伴我左右

给予我安逸
和不沉迷的宁静
聆听流云无声
可否？不屑于
暗隐的乌云，带去我的深情
以一份热烈迎接朴素
洁白素雅
留一句赞叹，化作生命里
最深处的主角
这一眼入了心窝

人生，像是这列车

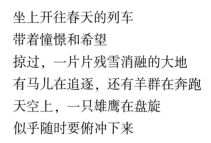

坐上开往春天的列车
带着憧憬和希望
掠过，一片片残雪消融的大地
有马儿在追逐，还有羊群在奔跑
天空上，一只雄鹰在盘旋
似乎随时要俯冲下来

冬的施虐已过去
一梦醒来
大地变得温柔恬静
云影，落在远处的湖面上
天水相接
一幅绝美的水墨画

西落的太阳
照在草地上
人生，像是这列火车
一路风光一路美景
一闪而过

林间，溪水潺潺

一切都是如此美好
微风轻拂，带来一丝丝暖意
林间溪水潺潺
清澈到底，时光如此淡然
沉浸在流淌的光阴
不想去任何地方

水的灵秀，给鱼儿带来活力
春天，当第一片花瓣
落在水面，当第一缕春风
亲吻山川、河流
叫醒还在冬眠的鱼虫
大地焕发崭新生机

这般悠然，静谧的气息
弥漫整个山林
远方不知名的鸟儿，时不时
在空中盘旋
欢腾雀跃，与溪水一起
组成欢快的乐队
春日，岁月静好

一个人的夜晚

鸟儿在晨钟暮鼓中
突然逃逸
回忆敲开沉寂已久的心门
乡音未改，乡情依旧
时光被搁浅在
一条河的对岸

伸开双臂，去拥抱
去感受，心中的那份默契
风细数美妙的夜色
月亮不再孤寂
天籁一般的音乐
飞上心头

太阳隐去光芒
月亮，接下悲凉
沉浸于深邃与苍茫
一半是怜悯，一半是坚强
所有交织的情绪
不能放下

勤 劳

儿时记忆，像飘过的云
在脑海一闪而过
那些苦难岁月，随时代变迁
已成为了过往
泪花，在眼眶打转
是我生命的勇敢

我没有闲情，去关山望月
时间，给勤劳者回报
世上没有不劳而获的捷径
不论多么困难
都要把它做好
我抬头跟太阳商量
收敛一些热与光

我没有俊朗的外貌
有的只是精神上的贵族
我的灵魂很纯净
意志也很坚决
我的肉体虽然贫瘠
但我可以
用勤劳丰盈起来

一帘月色

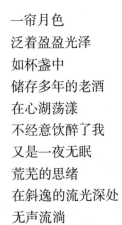

月白风清时

一帘月色
泛着盈盈光泽
如杯盏中
储存多年的老酒
在心湖荡漾
不经意饮醉了我
又是一夜无眠
荒芜的思绪
在斜逸的流光深处
无声流淌

子规轻啼
掠过那座熟悉
又寂寞的斑驳古城
替我说出
深藏已久的秘密
窗外
栀子花如约盛放
没有因你的缺席
而减去一分白
一丝香

忽然又觉得很幸运
困于幽幽月色
承受小别
与无尽思念
一首诗
空悬着夏夜
恹恹的病句
涂了又改
改了又涂
流淌着甜蜜忧伤

你在或不在
这夏天的热烈
始终氤氲着我的呼吸
这皎洁的月光
是有羽翼的
如果不信
请你仰望夜空
无数的星星告诉你
月光
正带着我飞翔

关爱老人

悬壶济世，普度众生
好似观音菩萨
柳枝甘露，净瓶轻拂
化作人间仁爱春风
唤醒勃勃生机
迎接东方的光芒
希望的太阳，冉冉升起
黑夜不再蒙蔽
苏醒的眼睛

你在崎岖山路间穿行
一步一步，走得坚实笃定
暮色笼罩你慈悲身影
你是世间启明灯
拯救一个又一个即将倒下去的生命
老弱病残从不放弃
含笑的双眸，尽显柔情
双手搀扶住要倒下的身体
不论岁月的风雨摧残
仁善悲悯的花朵
在万紫千红中次第绽放

历史未来篇

思　索

檀香溢，云水之遥
是心坎里的向往
晚风袭
思索一段岁月
书写一阕婉约

饱蘸心灵汁液的温暖
是诗人内心
炽热的疯狂
胸中，涌动的怀想
是寻梦的翅膀

穿梭在苍茫岁月
把天空的云，点燃
烟雾中
我看到思念的人
还是往昔模样

时间的仁慈

我把自己，关进一盏灯里
用火热与炽烈来疗伤
至于春天是否花开
无暇去想
我只看重结果
过程于我无关紧要

这个世界，时间永远不会静止
我的泪，如西湖的水
止不住地流
我只信任萤火虫
用紫萝编织的梦
进入蝴蝶环绕的村庄

笑声中，绽放出一朵美丽蔷薇
心像洁净澄明的泉水
向着金色太阳
不停奔跑
彩虹下美丽的童话
湍湍流水洗涤了虚伪
慈善的心花，在午夜盛开

墨 香

目光跟着手中的画笔
沿着宣纸的洁白
画下缩小版的山川河流
和百鸟争鸣
寄给一位女诗人

侧耳，西风依旧掀动松涛
极目过处
这片曾经历尽沧桑
浸满鲜血的广袤土地
已然是碧波荡漾
绿意葱茏

烟岚缭绕
如披着一层薄纱
铃声敲醒我梦中的心门
静默在画案前
落笔处，墨香晕染
一抹香魂

生命的燃烧

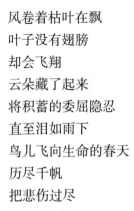

风卷着枯叶在飘
叶子没有翅膀
却会飞翔
云朵藏了起来
将积蓄的委屈隐忍
直至泪如雨下
鸟儿飞向生命的春天
历尽千帆
把悲伤过尽

晨起，伸个懒腰
听着熟悉的歌
阳光暖暖，照耀在身上
用最快的速度洗漱
用最快的速度吃早餐
用最快的速度工作
岁月悄无声息
行走于尘世喧嚣
无论生活多么繁重
都不能阻止生命的燃烧

你和我

卓然独立于人群之外
你和我不再熟悉
摘下面具，不寒而栗
单纯不是你的本性
嗜血才是你宿命
什么声音也没有
仿佛一切，都安静了下来
你说：黑夜恩赐我
黑色眼睛，我却用它
来寻找光明

暮色迢递，大雾弥漫的渡口
仿佛在等待一个夜晚
霜才能把乌啼涂白
捧起一小朵黎明
万壑千山
在心中出神入化
你刚说过的话
洇湿那片村庄，青石板上
有你耐看的琴键
我不是跫音，我只是一位
旷世的孤独行者

感悟人生

该来的终究会来
世事很纷杂
是得到
还是失去
随遇而安不强求
似乎只有吃尽了社会的亏
才能享受无上的福
利益至上的当下
面对各种诱惑
我不盲从

人生的路，有各色风景
有荆棘丛生
也有巨石挡路
生活，让我吃尽万般苦
不羡慕安逸享乐
我相信，只要踏实肯干
看淡一切
规划好自己人生
知足常乐不纠结
才是处世之道

孤　独

稻穗拔节，谷粒灌浆
一株株
在夏风中微微笑着
跟我交谈
我从喧嚣浮躁的城市抽离
我不孤独，却有一颗
寂寞的灵魂

我有如梦世界，等一个人来
最知心，不是爱人
胜似爱人，洗涤我的心灵
太阳吞没了忧郁
迷蒙山雾
与天空纠缠

那些梦幻影子，收不起
水心的世界，无边际的天空
是你眼中的光明，白日
与黑夜交替
从不想邀别人
进入自己的梦境

事在人为

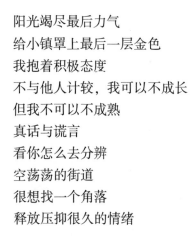

月白风清时

阳光竭尽最后力气
给小镇罩上最后一层金色
我抱着积极态度
不与他人计较，我可以不成长
但我不可以不成熟
真话与谎言
看你怎么去分辨
空荡荡的街道
很想找一个角落
释放压抑很久的情绪

渴望在黑夜
听见被爱感动的心声
这是一种积极态度
随遇而安
这也是一种乐观思维
和处世妙招
顺其自然，还是一种
豁达的生存之道
水到渠成，这更是一种
高超的入世智慧
事在人为

尘 世

温暖阳光，微风拂面
深蓝色的海面，宁静安详
天空云烟似有似无
太阳照亮了世间

梦中的绿波，微微荡漾
把心中的阳光
带给认识与不认识的人
风儿吹动我的心情

定格快乐，分享心得
修饰缥缈的夜空
水光融入天边流云里
看不清边缘

乌云锁不住太阳的光热
于是我用一支瘦笔
在桌子上，写下你的乳名
在梨花缀满枝头时
渴望得到人生的美满

日短遐思长

我不经意路过的草木
这个季节
已经开始萧瑟
露水在枝叶上晶莹
肆意奔放的绿色
已被酱紫、枫红所代替
热情而壮烈
我崇拜生命中的真诚
喜欢岁月验证过的友谊

敬仰与人为善
感恩不离不弃的朋友
在这个善变时代
真诚如黑夜里的火把
指引前行方向
天空狂舞云烟
用缥缈编织绿的梦
天使挥动着一双翅膀
载着沙漠之花
和冰山上的雪莲
带着希望
播种一片春意盎然

月白风清时

时　间

时间
迈出匆匆的步伐
用每一次心跳
划分阴阳
我不会慢下前行的脚步
任凭伤痛折磨
任凭狂风
推倒我的黄昏

时间
藏在指针的转动中
匿于江河的流逝里
暮色四合
我生活的这座小城
梦也分季节
我坐在母亲身旁
时钟指针嘀嘀嗒嗒

风烟不能模糊过往

幽蓝深处，梦想正唱着一首歌
或轻柔，或高亢
岁月匆匆，世事无常
哪怕红尘滚滚，烟尘弥漫
那颗放浪不羁的心啊
依然纵情释放

河流漫不经心，即使前路充满坎坷
也要向往心中的诗与远方
孤月倒悬
我坐成秋日里的一棵枣树
静待有缘人采摘
彼时的夜晚很安静
我的心也需安静

烟尘带来了黑暗，无情的风
将树上的鸟鸣，顺手端走
几只小鸟坚定初心
奋力追风，迎着前方的光
在逆境中展示倔强
远山的意境，秋意阑珊
风烟不能模糊过往

岁月在尘埃搁浅

湖水清浅，泛着蔚蓝
一片发黄的花瓣
夹在扉页处，风干的故事
落英独自在水中飘散
留下远去花影

时光，透穿篱笆墙栏
岁月在尘埃搁浅
童真用纸折成一只小船
带着心愿漂流
低吟生命协奏曲

享受和煦微风
云朵在天边肆意徜徉
将韶华的诗笺
书写成脉动的梦幻
守在夜空的门口

从大海上捡拾一片月光

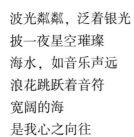

波光粼粼，泛着银光
披一夜星空璀璨
海水，如音乐声远
浪花跳跃着音符
宽阔的海
是我心之向往

从大海上捡拾一片月光
云彩和浪花互为翅膀
在彼此的凝望中
月光指引方向
大海的胸怀虽宽广
却没有恻隐之心

记忆碎片似星子散落
静默被悄然启蒙
微光激起水渍
优雅的情调
是大海与月光
演绎的情话

梦江南

江南梦，梦江南
拥远山入怀
掬一捧趵突泉的清澈
对饮南北明月夜
拽九尺常青藤
在一米阳光的乌镇
荡一回秋千，执一支瘦笔
书写时光清浅中
永恒的爱情，竹笛悠远
演奏一曲旷世绝恋

斟一杯琼浆玉液
氤氲的香气，分不清是现实
还是梦境，饮尽一杯愁绪
枕一树花开
我的江南，我的梦
在风烟处遥望
模糊景象，湿润了双眼
那嗒嗒而过的马蹄声
和怀揣信笺的人，渐行渐远
踏过江南小路，却踏不过
心头的那份挂念

用心灵触动微光

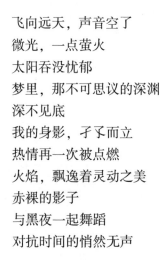

飞向远天，声音空了
微光，一点萤火
太阳吞没忧郁
梦里，那不可思议的深渊
深不见底
我的身影，孑孓而立
热情再一次被点燃
火焰，飘逸着灵动之美
赤裸的影子
与黑夜一起舞蹈
对抗时间的悄然无声

诗人，不是无病呻吟
所有敲击的字符
都是心底真实的写照
轻声吟唱的经文
在星火微光下传向深远
真实与虚幻，只在一念之间
用心灵触动微光
与天边暮光，遥相呼应
太阳铆足了劲儿
穿越云层而来

搁浅懊恼

多年以后，再一次回望
那个匆忙赶路的人
依然还坐在山冈等待
一阵狂风袭来
地球顷刻间失去平衡
太阳，憋红了脸
被甩下山谷

张狂的风，叛逆的风
把古钟塞进大脑
刺耳的声音，与尖锐的思绪
从头发里伸出空虚
拥抱这狂风
不惧烟尘和肆虐
勇敢面对

把懊恼，搁浅在心中
日月给予滋养
生活的痛，不足以压垮我心中
崇高的志向
站在红高粱地里，孤独的影子
融入月夜

白日梦

生活没有那么多如果
让自己去选择
雇一辆马车，驰骋在黑夜
这时候，该是怎样感觉
瘦削的身体
与亘古自然惺惺相惜
怦然心动，去实施
别让自己后悔

酒杯太浅
敬不了，来日方长
生活，就是简单遐想
找不到要去的方向
这世间属于我的不是很多
平淡生活，握不住时光
一线亮汪汪的阳光
落在我挺起的脊梁

风听见了我

风儿，绕过窗栏
穿过绿草茵茵
奔向远方
在大自然的空旷中
奏：笙歌燕舞
演：春华秋实
她是如此
贪恋着这片土地

躲在人群之中
听我内心思念的声音
她放缓了步子
连呼吸都要放轻
轻得没人知道
她已经离去
风吹动万物之时
一切被赋予了
鲜活的生命

李白的梦难过蜀道

梦里轻舟
飘荡上云端
一手执剑
一手指月
夜色流动着苍凉
是谁可以斗酒诗百篇
咏叹玉阶微凉
那玉笛奏出的音律
又醉了谁人心扉

长风几万里
黄河之水
从高空跌下来
是否冲散了你的忧愁
世人皆道蜀道难
只有你
独自对月
饮尽孤独
乐得诗酒相伴

历史在石头上留下刻痕

我曾俯下身
仔细端详脚下石子
数着它纹理
抚摸圆润
时间的流水
磨去它的棱角
看似普通的石头
似乎每一颗
都有故事

我想起从古至今
房屋上的一砖一瓦
还有人们慕名而去打卡的
宏大建筑，都有它
小小身体叠加的影子
历史悄然无声
石头用沧桑
记录岁月的痕迹
成了最可靠佐证

把粽子，撒入大江
江南的水

溢满了诗行
一杯杯雄黄酒
一份永远的怀念
心如浮萍孤苦伶仃
忧国忧民，赤胆忠贞
浩浩汨罗江
流不尽屈原悲壮的泪

一曲离骚，一段历史
黑暗与光明
在久远的时代交锋
不屈的灵魂
书写民族脊梁的丰碑
你奋力纵身一跃
和倔强的品格
告诫世人
对祖国的热爱
有多深

擦拭时间的脚印

在期待的眼神中
脚印铺成路
被岁月的风
悉数吹干
连成的一本本经卷
龟壳缝起
残缺不全的古老歌谣
透着苍凉哀婉

甲骨划痕里
长满故事
从炎黄部落爬向明天
土窑烧出江河日下
和太古辉煌
躺在古墓里
为哑语陪伴
任人涂脂抹粉的女子
背一筐沉重的历史
从这里走过

爱的传递

月白风清时

润泽久违的干旱，让干渴的大地
得到滋润，心不再落寞孤寂
将善良传递，让友情更加延续
夏夜流淌的清泉
散发着恬静的诗意
茫茫大海，孤船与浪涛搏击
迷途的航船，需要光明的指引
才能到达最终目的地
雨中撑起挡风寒的伞，夏日炎炎
将伤人的紫外线一并遮拦

在高空飞悬，心情不好时
就看看天边，再看看七彩虹桥
满目阴霾随之被驱散
岁月悄然逝去，光阴将善恶铭记
善者累累光彩给予
人生没有风雨
恶者狂暴，雷电狂击
未来分崩离析，让爱永远传递
在光阴的苦短中，追寻爱的真谛
哪怕是一点一滴也会激起
仁爱的涟漪

节日飞鸿篇

自　白

源于对生活的热爱
我是文字堆砌者
夜晚，冷风吹上心头
我紧了紧领子，榆树枝摇晃着
巢里的鸟儿也打了一个寒战
一滴冷露，带着霜
像极了透露出的锋利眸子
一句诗，举首又低头
在力之外，是止不住的幻觉
普通而平淡的日子
心中装满遐想

我能感觉到，田野的荒芜
和空旷，生命的沧桑
此刻，尤为明显
感触与怜悯，滋生无限感慨
四季在变换中轮回
而岁月一去不返，大雁成队
又开始了迁徙，从北方到南方
我尚未布满皱纹的额纹
还是如此平滑
只是，两鬓有了些许白发

今夜，为爱远行

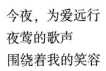

月白风清时

今夜，为爱远行
夜莺的歌声
围绕着我的笑容

远方，有我最爱的人
摘一朵最纯洁的花
倾注无限的柔情

幸福，飘出我的窗棂
沉醉在这美妙的意境
璀璨的星空
代表我的心声

湖面，波光潋滟一片幽静
有小鱼在嬉戏
天边的远山
是一座无法攀越的梦

欢乐震响房上瓦片

春节的炊烟
尽情嘲讽
腊月的冷寒
顽童的鞭炮
把薄冰，炸烂一片
院落停满一辆辆
叫不上名字的轿车
午休时刻
房间内，亲人们
谈笑风生

火红的灯笼
挂上屋檐
宁静的天空格外湛蓝
堂屋堆满一年喜悦
硕大的餐桌上
挤着盛世华年
欢声暖语
震响房上瓦片
美酒滋润幸福容颜

夕阳一脸忧伤

黄昏余晖
染红血色夕阳
思乡的丝带
缠绕在故乡的枝头
枯叶的叹息里
有梦的惆怅

登高望远
夕阳一脸忧伤
大雁呜咽声渐远
秋虫呢喃
将秋日的琴弦
轻轻弹响

故土总是难离
爹娘的白发染霜
夕阳拉长了单薄的身影
在菊花笑颜里
落一地悲凉
最后变成泪的疯狂

钩住了大片空旷

四面八方,雨水聚拢
心碎与忧伤
此刻,已没那么重要了
小草竭力,从生命开始到焕发光芒
我记忆的微光,在风中凌乱
诸多心事,无人诉说
似有一个熟悉的声音
钩住了村野,大片的空旷
又被风声掩盖

多年以后在清明
怀念一位已故朋友
把春天慢慢掏出一个坑
小心摁进春天腹腔
时光毫不留情
穿梭年轮,我孤独站在记忆深处
等待来自泥土深处的呼唤
草,青了几茬
又枯了几茬,我们继续活着
没有大悲伤
与大欢喜,像那些刻进石头里
安静地离去

241

白鸽放飞蓝天

阳光下泛着白光
一群白鸽飞上蓝天，带着自由信念
与和平祝愿穿过云间
像流动的彩霞在空中飞舞
村口的老榆树下，我伸开手掌
放飞一对白鸽

校园操场上。升起的五星红旗
猎猎之声为我喝彩
内心涌起骄傲情愫
向国旗敬礼
民族魂获得了新生
庄严肃穆

无数次，我面向东方
在地平线处，盼着初升的朝阳
又面向西方看着颤抖的夕阳
沉入又一个黄昏，挽不住斜阳
只好对着遥远的南方
唱一首深情的歌

月白风清时

红笺寄语，烟火流年

书香做酒，洒尽午夜清愁
红笺寄语，遥寄辗转痴念
在烟火流年的寂寞疼痛中放逐
给予最好时光，短暂又何妨
记忆充斥着痛苦
那就选择遗忘

当你艳羡他人的成功
他人却羡慕着你的辉煌
你感叹人生的艰苦
却有人夜宿天桥洞中
胡思乱想只会徒增苦恼
烦乱的心潮
是折磨人的温床

思绪在月的流光中游曳
踏碎的影子，打破了心的宁静
终会消除外部的喧嚣
摘下一颗星辰，赠与倾情
在岁月中静享安然
纵使天荒，哪怕地老
也无妨咫尺天涯

岁月静好

月白风清时

借一纸素笺
尽情铺展
以花瓣研墨
用唐诗宋词的风韵
舒展眉间的清愁

感受快乐与愉悦
做最好的自己
静听夜莺美妙的歌声
小径两旁的花朵千娇百媚

抛却烦恼和忧虑
仰望浩瀚无际的天空
感受云淡风轻
拥抱那一抹晚霞

触及心灵的文字
书写着月亮的光芒
太阳点燃我的梦想
那生命的火焰
和爱情之梦
绚烂成一片花海

五四，祭奠青春

倘若灵魂，生出一对翅膀
我要用尽全力大声呐喊
抖掉大好河山上
附着的所有污泥腐败
我要用热血
融化那封建陈旧
凝冻华夏千年的冰川
登上山巅，脚下云雾缭绕
群峰连绵
将侵略者掩埋在
幽谷沟坎

青春热血，苍穹无极限
年轮在时光穿梭机里
走了一圈
历史车轮碾压岁月痕迹
不会再回转
山风呼啸，尘土迷住眼睛
朝气蓬勃的青年人
肩负祖国重担
德才兼备，文武发展
鸿鹄得志心高远

与芬芳同行

——致国际劳动妇女节

款款走来，如沐春风
仿佛盛开的玫瑰
在三月，轻轻奏响世界上
最美赞歌
明媚，似阳光一样灿烂
折一枝迎春花
一路与芬芳同行

带着明月皓洁的神秘
淡而清，美而雅
宛若清池碧波里
洁白的莲花
似一抹桂林山水画
清丽神奇

温婉朦胧，在江南水乡
烟雨中，安详静谧
开朗奔放，在淙淙飞瀑间
唱着欢歌
宛若山涧清澈透明的小溪
纯净且润泽

月白风清时

性情沉静的女人
仪态大方，姿态优雅
天山般秀丽妩媚
神采飞扬
一支歌无法囊括
女人的美丽
一首诗也抒发不尽
女人无私的情怀

你的倒影从天而降

漫步河畔
蓝天白云映在水中
你的倒影也从天而降
将我包围，在爱的海洋
我们放弃了前因
只为惊鸿一瞥

七夕晚上，喜鹊引路
老牛的头上也顶着一片星
你从缘的那畔，我打情的末端
站在一起，彼此
一天到晚倾诉思念
誓言宇宙洪荒

你用纤弱的食指
点了点我不开化的额头
这一天，仿佛是我记忆的全部
你拾起我的衣裳
微闭的双眼
不流泪只会笑
你的心一会苍白
一会嫣红

让母爱过过节

母亲，像黑夜里
一盏明灯
在我迷失方向时
指引我走向光明

母亲，像秋夜上空
一轮明月
在我最孤独无助时
陪伴支持我
给足信心

母亲，一天到晚忙碌
不辞辛劳
无怨无悔，触动我心
此刻，在母亲节到来之时
我要说：感谢母亲
我爱您

父亲节，不叹沧桑

父爱如高山
在我最困难无助时
他鼓励我
一定要挺直腰杆
不做退缩的人

父爱如太阳
即便在阴雨蔽日
迷茫的日子里
我也能够感受到他
散发的光芒

岁月沧桑
在父亲额头刻下深浅不一
数不清的皱纹
直到中年离世
他用一生为我铺就通往
成功之门

"八一"旗帜飘扬

南昌城，一声枪响
镰刀和铁锤，凝聚团结力量
确立政权，保卫家园
工农红军走过雪山草地
光耀世界，肩负重担
平凡的生命，写满辉煌诗篇
一颗颗红星亮闪闪
八路军、新四军和抗联
大刀、长枪加皮鞭
赶走侵略者一枕黄粱
就算失去生命，也无悔无憾

人民解放军，脚踩"千层底"
从白山黑水向琼崖海边
捍卫祖国尊严，抗美援朝的义举
给世界军史，增添了一支强大武装
"枪杆子里出政权"
经过历史洗礼，成为全世界
反抗压迫者，人人熟知的经典
"八一"旗帜飘扬
铮铮铁骨，是向人民
致敬的宣言

桃李芬芳才是快乐

——致教师

你的眼睛
盛满了星星
一闪一闪散发光芒
你的精神
好似深夜红烛
静静燃烧你
亮丽生命
你无私奉献
血汗洒满三尺讲台
不求青史留英名

辛勤的园丁
你用真情
传播智慧的火种
你像那春蚕
献出一生忠诚
你像那傲雪冬梅
吟唱着早春的歌声
多少个不眠之夜
秉烛批阅作业
漫漫岁月，青丝添华发

月白风清时

微弱灯光下
有你伏案夜读
消瘦的身影

你像太阳一般温暖
融化淡漠和冰冷
你是向导
将学子迷失的方向指引
你用渊博的知识
与耐心，带领学生
走出科学迷宫
桃李满天下
教师最光荣

医师节：心似莲花开

菩提树下，守医者初心
心似莲花开

微风，游走在柳丝间
春水，荡漾涟漪
指尖轻抚
手舞在素白的手术台
无影灯下人无影

纵横交错的血管
无法阻隔，探寻的眼睛
治病救人是白衣天使
特有的诗情

思绪随着血液
不断蔓延
锋利的手术刀
斩断了所有毒瘤
贪婪的意向

手捧托盘，如一株青荷
带着暗香升起圣洁

感恩节的意念走遍全身

感恩意念走遍全身
舌抵上腭，吐字如兰
字正腔圆
说出心中的怀念悲戚
和那时曾有的欢乐

谁也没有提及
那围成一圈沉默的人群
谁在感恩节
次日清晨一觉醒来
又将那些遗忘的往事
一个个掏出

可爱的先知
其实他并不知道
我们凡人本来也已决定
在明年的感恩节
想念那些沉默已久
却深藏心中的名字

儿童节：满园向阳花

让白鸽
带着稚气的宣言
飞向世界各地
歌舞欢腾
"六一"，儿童庆佳节
祖国花朵正怒放
满园向阳花

六月暖阳
儿童放飞理想
道路两旁的白杨
在风中摇荡
稚气的歌声
水中流淌
此刻，欢快的岁月
永远烙印心上

中秋的月亮坐上枝丫

月亮坐上枝丫
斟满一杯清酒
杯里倒映着
自己脸庞
月亮喝得微醺
醉倒在空中
笑成饱满模样

桥头看风景的人
丢给河里成群的鱼儿
月饼碎末
眼角里盛满了期待
广寒宫里的嫦娥
守着寂寞

无风的夜晚
湖面平静
月亮和鱼儿屏住呼吸
远处传来动人的歌
那是游子
思念家乡的心声

"五一" 冲击心灵的弦

演绎五一节的盛装
劳动最光荣
劳动者的权益
必须得到真正尊重
我视觉的线
冲击着心灵的弦
全世界在这天
浓缩历史变迁风雨
延续劳动
是生产力的故事

五一，握着拳头

逡巡在岁月长河
时间的白马
在每日忙忙碌碌中
绝尘而去

一群人
喊着口号
握着拳头
走在彼岸街头

龙舟卷来旋风

雄黄酒祭奠河神
空有壮志凌云的豪迈
撕开乌云
一股旋风卷来
先辈的遗愿
与后人的志向
伴着滚滚江流奔向远方
华夏历史传统文化
博学精深
用尽毕生辉煌
也无法熟读于心

你的诗如巨龙
蜿蜒曲折流传，代代相承
像雄鸡报晓
回荡在天明
五月，端午粽叶青青
圣祠铜钟再次嗡嗡
龙舟竞技
岸边旌旗飘荡
喝彩声阵阵
鼓乐震天如雷动

城市之镜

太阳与月亮
约好轮流值班
夜幕降临
城市的街道
逐渐安静了下来
我依旧穿过那条
熟悉的小巷
粉红色的蔷薇
在风中尽情摇曳
仿佛城里的少女
风姿绰约

城市像一面镜子
将形形色色的人罩在其中
做人心累
还是做花草树木
或者山川河流
共同装点着这座城市
也让漂泊的旅人
能够安然歇息
城市永远不寂寞
梦是自由的羽翼

云中世界

穿过斜风流云
风，裁一件梦的衣裳
给山川、大地、河流披上新装
亿万年沧桑
惊飞一群栖息的雀鸟
我在云天之下，踟蹰行走
踏遍日月星辰与晨昏

多少离别的春柳
已被伤心的人折断
我不知道，是谁最先使用
碧溪柳这个词汇
但我知道，无数春江花月夜
都有在溪柳下相拥的人

汲取天空中自由的灵魂
缔造一个又一个梦
凝结的身影
诉说着廊桥遗梦的缱绻
收藏的心，有相聚
或许，也有遗憾的别离
云中世界你我皆不知

时代谱新篇

青春觉醒

青春的笑脸
就像黄昏绽放的昙花
短暂可贵
洁白且淡然
被风撩了一下
微微颤动

烟岚在影子里不断涌动
渐次分蘖
寒凉落上肩头
灯火，收留了人间惆怅
青春从一条路途
跌入到另一条路途

我做不了演员
在人生这场硕大的舞台
只能如提线木偶
任人摆弄
踩在骨头上
我的心撕裂般疼痛

无　悔

月白风清时

这错综复杂的世界
人与人，人与社会之间
存在的种种矛盾
和复杂密码
令我虽然心生怯懦
却从不曾退缩
我的思想努力挣扎
潘多拉的魔盒被打开
宿命的魔咒
难以摆脱

燃烧的岩浆
映红了一条溪谷
奔放的红
似血液一般
火焰映入我的眼眸
炼狱般灼热
取出一块石头
在余温未尽时，刻上
"无悔"二字

阳光有自由的味道

推开窗子，阳光赶走
连日来的阴翳
暖暖金黄落在肩上
或许，伸手
掬到的不是阳光
而是金色的希望

告别了曾经
刀光剑影
战争的号角
也早已经远去
风中不再弥漫
硝烟的味道

一轮朝阳
正在远远升起
那华夏的儿郎
跨越了千年沧桑
空气弥漫自由的味道
祖国蒸蒸日上

人间是一个花篮

人间万象
是一场场花事
走在花田
花香是上苍给予我们
最好的精神慰藉
春天，就是一个美少女
清风是她裙袂
鸟雀是她粉丝，花儿是她
可爱的笑脸

集天地精华
装饰这壮美的河山
采一朵云
做成一颗棉花糖
天然是化妆的最高境界
她把人间
做成了一个大花篮
万紫千红，一醉婵娟
花香是对她的赞美
就连蜂蝶
也为她迷恋

打开村庄的宁静

云霞染红了半边天
粉饰着这座
宁静的小村庄
绿植舒展，欣欣然
鸡鸣狗叫声，此起彼伏
疯长了的乡愁
在此处生根

土锅台、草木灰
烤出的红薯，清香诱人
炊烟袅袅，蛙鸣成了
夜晚的主调
酱豆玉米糊，蒸煮了
味蕾的香醇

村口的老槐树
鸟巢，结实地挂在
树丫之间
鸟儿的翅膀
穿过雾，冲破云层
推开村庄宁静
祥和的生活

投奔山河壮丽

在雄伟的山峰之巅
俯瞰历史的风狂雨落
暮色苍茫
任凭风云掠过
坚实的脊背
顶住了亿万年沧桑
且从容不迫
我的祖国，大河奔腾
洪流浩瀚

冲过翻卷的旋涡
惊涛骇浪拍击峡谷
潮起潮落
涌起多少命运的颠簸
我的祖国，风光秀美
孕育了无数瑰丽传统文化
广袤大地上
多少璀璨文明
在华夏熠熠闪烁

在镰刀与锤头上闪耀光芒

梦想与愿望
是我，不懈的追求
和向往
人民富裕安康
祖国繁荣富强
不变的初心
在镰刀与斧头上
闪耀光芒

放飞心中希望
追逐复兴梦想
希望与梦想
铸就我们不变的信仰
忠诚写在心里
使命扛在肩上
撸起袖子加油干
书写新时代年轻人
奋进的诗行

繁花之上再开繁花

一种无穷尽自信
溢满每个人的心胸
祖国，正以独立超群的才智
和坚强无比的意志
成为东方雄狮
已经觉醒，绚丽的朝阳
从东方升起
新时代青年，正在成长
在这耀眼时刻

牢记党对我们的嘱托
最爱国旗上
那一抹骄傲的红
新时代，新气象
谨记不忘初心
砥砺前行
这是国家的梦
同时，也是我们的梦
看祖国蒸蒸日上
一天比一天繁荣

夏之夜，小溪追求大海

当最后一抹霞光
悄悄隐去色泽
夜幕，从天边缓缓降落
繁华喧闹
一切归于平静
此时，蟋蟀摆开琴架
深情弹奏
古老而优美的曲子
是它平生最得意之作

不知疲倦的小溪
在月色中，闪着粼粼波光
欢跳着奔向远方
大海，用它宽广胸怀
接纳百川到来
窗口，灯光渐次熄灭
温柔的气氛
弥漫整个空间
月亮醉了，星星醉了
池塘里的荷花也醉了

安慰故乡

月白风清时

该如何安慰你
平复你，起伏不定的心
也不知哪一个才是我的故乡
老家在一个地方
新家，又在另一个地方
当我回去
除了一棵梧桐树
已经没有人
认识我

羊肠小道
变成了笔直的水泥路
青青堤坡，林立成楼房
有时我想当一片白云
于黄河故道上飘浮
野花在脚下摇晃
当一个人
被我远远想念
这应该就是
我的故乡

在自己体内翻卷出浪花

趁星星归隐，趁山门已开
请允许我
打马从草尖之上奔来
草丛里，已藏好的小白兔
露出圆圆脑袋
瞪着惊悚的眼睛
看飞马踏黄花

圈一方天地，造屋种禾
再生养几个儿女
云朵也围上来装点庄园
晨起的露水滚落时
再没伤心事，磨谷为米
酿粱为酒，敬天地敬父母
敬万物之灵

喂养有德人
上稻田，选最小蚊虫噬肉
下池塘，邀最红的小鱼啄足
挖井引水
涓涓清流在众生体内
翻卷出浪花

海的精灵

幽蓝色的大海
尽情咆哮
我纵身一跃的身姿
如此美妙
溅起的浪花
许久没有散去
我要去寻找
海的精灵
神秘莫测的大海
从来不孤独

月光下
海的女儿在唱歌
声音震颤心扉
寻梦深海
揉碎翩然遐思
冷静过后思忖
收拢心底那份执念
万物繁衍生息
大海收藏着远古的月光
一只精灵向我飞来

月之美

月亮孤寂地悬挂空中
像极了一个硕大的圆盘
凝聚宇宙万千光泽
倾泻一地霜华
对月思人，唤出一个你
这醉人的夜
装饰了诗人的窗
那淡淡的烟火
就是一辈子
是故乡的味道

流星蓦然划过夜空
那一道光线，快速撕开夜幕
是不是又一个世人离去
小的时候，老人们都这么说
长大了，才知道
流星划过瞬间
许愿很灵，有星有月的夜晚
省去繁缛的修饰
和抒情的转折
像极了你我的爱情

人生随想

人生，依旧如从前
是灿烂的忙碌，我的欢乐
写在素笺上
崎岖坎坷的路
无论长短，都要不停地
向前走下去

梦，明知道是一场空
仍笑颜如霞
半梦半醒之间
会发现已时过境迁
那些错过的风景
回头再也不见

人生如戏，戏如人生
却构成生活主题
是事业打拼
还是情感主线的重建
没有情感的人生
是枯燥，更是荒芜

小雨滴

小雨滴，落在海面
融入大海，生命之光
在此刻闪烁，海底的蓝
是希冀的色彩

小雨滴，落在花园
花香迷醉了飞翔的鸟
在这里，天空是我的
世界仿佛静止

小雨滴，落在梦里
雨缠绵，情丝缱绻
一切都是这么静谧
只有滴答雨声淅淅沥沥

小雨滴，敲开沉寂
醒来的人们，看着这场雨
雨后天空，洁净如洗
亦如你我此刻心情

记忆的曲线

不经意间，记忆的曲线
将许多美好串联
人生轨迹，情感是维系
温馨和幸福的句点

我在回忆中等你
是等了一个又一个花开
阳春白雪时节
还不见你踏马归来

草原的上空，几只雄鹰
飞来飞去，马头琴
奏起悠扬旋律
蒙古族姑娘舞出吉祥

留恋旧时光
记忆将思念越拉越长
北方以北，有我的故乡
还有我曾经的过往

遮不住的月色

雾，遮不住月色
溪水，在温暖中流淌

时间的长河，不会冲淡爱
月儿是一盏巨大纱灯
在生命的背脊
闪闪发亮，夜空很美
星星在梦里徜徉

生命拥有永恒的亮度
那份纯净的光
吸引着我
那双藏在黑夜里的眼睛
在暗夜摸寻着光芒

享受这个夜晚，享受月光
没有比这更纯粹的念想
一直相信
月亮下的丽影
是藏在心尖上的模样

大地与河流

大地以无限深沉
给予河流欢快
秋风用尽力气摔打着落叶
窗外一片萧瑟
我用诗歌的灵魂
触摸着秋天的神话

骨气逆流而上
抵御寒冷
那个渐行渐远的人
是我内心的隐痛
沉醉于一片萧瑟苍茫
动容于清寒疏离

河流追逐诗与远方
大地萌发出世间希望
万物皆有定数
我故作镇静
一滴至真至诚的泪
从昨日流向未来

时间不经意拉长

留恋在你的城池
用自我的视角
看待秋日描摹的颜色
深绿、酱紫与枫红
在大自然中揉碎风影
又涂抹田野

曾经清粉嫩绿已然散场
被翻新的多彩景象
镌刻着此去经年的温暖
和情怀,光阴
在不经意时被空间
无限拉长

我叠放在书房的丹顶鹤
经过岁月的浸染
与日光的沐浴
已变淡了颜色
默不作声中诉说着
韶华远去的故事

把信仰，镶嵌在高山

把心中的信仰
镶嵌在高山
满眼苍翠
请不要问来处
更不要问归期
一字一句
泣血的文字
直抵心灵

风雨与时间
反复抚摸
轮回的四季
一再凝视
斑纹早已不是
最粗糙的痕迹
只是遥远
且清晰的胎记

今夜，为爱远行

今夜，为爱远行
这是我酝酿已久的决定
此时，我全然看不清远处山脉
和近处房屋的轮廓
夜色正浓
苍茫早已掩盖了真实
一团团，一簇簇
闪烁的幽幽灯火
仿佛宇宙星云织就的蛛网
轻轻披在家乡的大地

沉醉在这美妙的意境
火车载着我
去向有你的方向
建筑物在夜晚如此安静
零星的灯光朦胧
鸣笛声将我从沉思中惊醒
火车前行留下的余音
格外空灵
这样的心情怎能平静
只因爱的吸引

心系青少年，关爱情无价

青少年
如春天一般舒展
懵懂的人生
在这一时刻更加懵懂
心智在萌发中逐渐成熟
敏感的思维
经不起任何波动
抵触的情绪，不屑于被管束
身体里的痛，一念成魔
一念成佛

关工委
一个关心下一代的组织
以正确引导，贴心关爱为己任
将雨露播洒进孩子们心田
不再纠结，不再彷徨
十八年的悉心呵护
在一批批青少年心中
播下一颗颗向日葵的种子
不负韶华，未来可期
温暖的阳光
照亮心灵的彼岸

关心下一代
——颂曹县关工委

"老骥伏枥，志在千里"
一群老者在古稀之年
发挥余热
扛起"关爱下一代"的大旗
历经十八载坚持
将一份份爱心传递

把心血倾注在热爱的事业
悄悄改变孩子们的人生
恰似将旖旎风光
逐一呈现，在波澜不惊中
托起明天太阳，爱如涓涓细流
浇灌祖国的花蕾

辛勤耕耘，当汗水湿透衣襟
跌落土壤
你听，是含苞待放的声音
花儿享受着呵护
必将回报老一辈人的付出
点缀祖国这片广袤花园

老有所为，关爱后代

——祝贺曹县关工委成立十八周年

"路漫漫其修远兮
吾将上下而求索"

十八载年华，曹县关工委
跟随岁月汇成的长河
流经青少年渴望滋润的心田
点点滴滴，经年积累
绵延流淌向远方

十八个春夏秋冬
不懈努力，硕果累累
从播种到成长，再到收获
排除万难，无私奉献
守护祖国的花朵

水的尽头，是大海
少年的未来，是明日之栋梁
殷殷关切，功不可没
以先知者的睿智
将叛逆的心不断修正

月白风清时

悬壶济世篇

医者之歌

就这样，为了一份信仰
我行走在医疗的路上
空中弥漫着消毒水刺鼻的味道
从清晨到深夜
患者换了一批又一批
面对无数陌生面孔
和不同的耳鼻喉疾病
我始终保持清醒
用扎实的理论和娴熟的医术
拯救病人的痛苦

不忘治病救人的初心
牢记，苏格拉底的誓言
内镜的异常影像，提示真实的症结
临床的症状和体征
是诊断的最好依据
干净的白大褂，洁白的诊疗室
患者寄予厚望
与信赖的空间，充满温暖
我把处方捧在手上，沉思或端详
开出了简便低廉的灵丹妙药

天使在人间

河流都去了江海
鱼们溯流而上，寻找源头
天使在人间
拯救，拯救，拯救病人
脱离痛苦边缘
请忽略高山上洁白的雪
拒绝冷漠

我作为耳鼻喉科的医生
致力于治病救人
将患者体内疑难杂症剔除
用精湛医术，赶走病魔的困扰
健康的体魄
是人生最宝贵的财富

漫步在清晨的村间小路
脆薄清冷的空气
仿佛一碰就会碎裂
路两侧的杨树
叶子在寒风吹拂下簌簌飘落
干裂的风却吹不冷
天使一般的心

时间，重生的白

白在白之内
是你无法理解的所在
有时，我也有同样
莫名的困惑
这么多年
我仍不能完全分辨
痛苦与幸福
散发迷人气味的区别
在每个清晨与夜晚
风，在高处制造理由
抵制它
在土壤里长出根茎

纯白的声音响起
还在祷告吗
或许，我更喜欢
旷野的流放
与有毒植物相比
潮湿是更深的撕裂
真的，我还无法做到
收放自如
指挥全部的我

只是，我享受孤独
尽管我不惧怕
无尽黑暗
哪怕是绝望的深渊

月白风清时
当我转动灵魂的双眼
天空会赐我一场雪
用纯净的洁白
倒灌乌云的轨迹
纯粹的白
让我握着你的手
听阵阵风声
我无法突破内心的封锁
于是，将秘密深藏
一路成长
在我思绪瀑布里
始终保持让人
重生的白

月
白
风
清
时

人间值得

擎着美好的心愿
我们来到这个世界，如此美妙
又是如此温暖，携带快乐与真诚
寻找属于自己的路
没有悲观失望
亦不畏挫折和病痛

循着初冬的风
在白雪飘飞憧憬中，梳理治病救人
和行医问学的真正意义
于来年春光落上枝头之时
采摘喜悦，点燃一笺笺诗行
装饰上下求索
奋进的梦境

鼓起孤独的征帆
就这样，在沧海桑田中
不俯瞰，亦不仰视
保留一份尊严与一颗纯净之心
摒弃一切杂念，在人间走一遭
然后，可以自豪地说
人间真的值得

时间划过指尖

我曾静静聆听
世上最美的声音
那是成长过程与经历
所带来的疼痛
在每一个人的骨骼里
根植发酵

我轻轻触摸
每一根发酵的神经
感受它的狂躁
与不羁
于是，埋葬那些低级
又没有价值的情感

岁月不知不觉溜走
一些阳光散落在小路上
瞬间荒芜的
不只是我的童年和青春
还有时间轻轻划过
指尖的声音

暮归时分

一道暮光
划开天空织就的云锦
我拖着疲惫的身躯
收拾整理好医疗器械
与一些药品
记忆，像一块洁白的幕布
写意古老的图腾

此刻，星空为我折腰
我不再压低情绪
愈发感受职业的伟大
深陷在自豪里
不在乎黑夜又要降临
这是白昼的再生

光和影，被无限复制放大
信念，一步一个脚印
在我脑海扩散
暮归时分
不再纠结生活琐事
握住轮回时光

等我有时间了

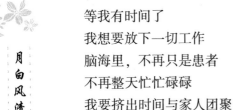

月白风清时

等我有时间了
我想要放下一切工作
脑海里，不再只是患者
不再整天忙忙碌碌
我要挤出时间与家人团聚
和外出旅行

等我有时间了
将自己的兴趣和爱好拾起
寻梦远方的河流
看大海风浪翻滚舒展
黄河咆哮泻千里
岁月深处，步履蹒跚

放下燃烧的波澜
坚韧与勇敢
是我坚守的信念
感慨万千，足以慰平生
不忘初心，医者仁心
是我不变的宣言

祈 祷

我仁慈的心
总在夜间，对着星空祈祷
深邃与未知
如同揉碎的晚霞
黑暗袭来，伸手不见五指
抓一把星星撒向
睡不着的心事

捧起雪花
问一问，今夕是何年
枯枝老藤下，那些滴落的故事
生老病死是自然规律
每走一步，我都能听见
祈祷的声音

前进，抑或徘徊
谜底躲进岁月深宫里
任凭潮湿的心
细数雪落
大雪无痕处
掩埋的不仅仅是病痛
还有曾许下的诺言

与疾病抗争

无论采取怎样的措施
都必将病魔驱离出身体
我固执地坚持
心里升腾出必胜的信念
我没有心情
欣赏春夏的花草
也没有精力
寻觅浪漫的爱情
但我会全力以赴地工作
把病人当作亲人

秋风扫落叶
又一次
岁月，重复着轮回
在歌唱秋菊满山的喧嚣里
我看见
一个个拖着疾病身体的人们
依然乐观
迈着蹒跚步履
向着幸福的生活
从容走去

思绪万千

不知不觉中
秋风儿就悄无声息地来了
有一些猛烈
像是要变天的节奏
我脱下白大衣
一个人，漫步在林间小径
思忖着
该以怎样的治疗方案
让患者减轻疼痛

小清河，水悠悠
夕阳落进水里
给城市披上金装
菏泽很富有
折射成明亮的色彩
菏泽人很慷慨
回报着
满河的鱼虾
和天空大地般的深情

始终坚守治病救人的信仰
从不曾改变

纯真是我的初心
秋天的味道
萧瑟凉意，越来越浓
阵阵秋雨
打湿了挂满枝头的柿子
仍透着诱人的红

风，蹑手蹑脚
不敢大声吹
怕负不起责任
树下嬉笑声，传得很远
是谁家少年
抛出的一颗颗石子
在河面翻滚几下后
激荡着
圈圈的涟漪
隐入寂静

月白风清时

夜幕降临时

秋雨，刚好落满黄河
晚归的农家
步履蹒跚，拖着一身疲惫
即便病痛在身
也舍不得花时间
去医治沉疴旧疾

雨，敲打房檐
蛙声阵阵，此起彼伏
一个湿漉漉的身影
映入我的眼眸
倾斜的雨丝
在路灯下格外醒目

每一滴雨，都饱含了虔诚
聚在菏泽这座城市
连绵不尽的烟火
让病痛看起来也微不足道
一生该怎样度过
每个人都有自己行进的法则

海边拾零

在海边，金沙滩
我手捧一本医学专业书籍
津津有味地看着
看到重点处，用笔画上记号
似乎，远处的风景
和近处的人潮
都与我无关

我从不排斥喧嚣
偶尔，也会侧目孩童嬉闹
还有年轻人冲浪的愉悦
我没有健壮的体魄海上冲浪
唯有用一本书遮挡
炫目的阳光

每个人都有分裂性格
或许，我也不例外
一根筋的我
经过无数次诗魂的纯化
如果，能够持续更久的时间
对我来说
将会更有特别意义

名不虚传

耳鼻喉科
一些迷雾丛生的疑难杂症
一个个离奇古怪
危害极大
迁延不愈并发多种疾病
串联起人体多个部位
疼痛不适

鼻炎、鼻窦炎、鼻息肉
鼻塞、鼻痒、打喷嚏
头痛、头晕、不通气
影响孩子记忆力
学习不轻松
鼻塞堵了孩子前程
父母看在眼里
急在心头

致力于传递
情暖人心的价值内核
我以医护工作者医者仁心
和博爱天下的情怀
奉献三十年

练就的绝招妙术
造福饱经痛苦折磨的病人
将中西医的传承与创新
融入其中

在两种医疗观念
激烈碰撞下
突出中西医相结合
诊疗的积极作用
让病人露出久违的笑容
感激的泪水湿润了眼眶
紧握住双手不停感谢
也因此被患者赞誉
手到病除，名不虚传

亲爱的生命

生命诚可贵
经历了人生的起起落落
但我独立自强
足够努力
我追求平等
展现自己作为医生
努力拼搏的精神

我突破职场
遭遇的重重困境
坚定自我价值追寻
这期间的过程
既有思想的觉醒
也有自我成长的实现
既包含丰富的情感表达
也关注真实自我诉求

非凡医者

医生，一个光荣神圣的职业
作为医生
当你面对的不是疾病
而是患者
那么，使命的力量让我们
陪伴患者

战胜疾病，战胜死亡
就算不能改变什么
也应该陪在他们身边
一起去面对无法改变的命运
医者的非凡
归根结底就是仁医仁术

了不起的耳鼻喉科医生

嗨！了不起的耳鼻喉科医生
百态人生
多少疑难重症
在你的手上，迎刃而解
医生视角下
每个患者都是亲人

耳鼻喉病症，临床救治
故事背后，生与死
谱写了多少百味人生
不论是成功，还是失败
小小的手术台
承载着大大希望

你日夜钻研，熟读中外医书
用深思熟虑的医疗方案
和精湛的绝招妙术
时时刻刻
传递每一份温暖
与治愈力量

感动生命

月白风清时

指尖轻触肌肤的瞬息
患者多年的耳疾
在手指飞舞间
诊治痊愈
不再有耳痛、耳漏
不再有耳鸣、耳聋
不再有痛苦的呻吟声

感动在心中起伏
紧握的双手，颤抖的双唇
和不停的感谢
是对我最好的认可
笑容是我标志
诚信是口碑，我用毕生所学
回馈父老乡亲

多少次，我以天使的抚慰
拂去患者的忧伤
那些燃起希望的眼眸
让我心情激荡
方寸之间，我纯洁的心
沉醉在快乐之中

雕光时刻

一把手术刀，一把止血钳
这是我的雕光时刻

我不惧怕
疑难杂症的刁难
尽管超负荷的工作
令我身心俱疲
面对患者
渴求健康的眼神
我下定决心
治好患者病痛
抚慰梦乡的灵魂

汗水湿背
大爱的心坚持信念
患者的生命
高于一切
我看似平凡
却令生死一瞬间
始终保持高度的自律
在静默中奋力拯救
鲜活的生命

人间天使

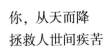

你，从天而降
拯救人世间疾苦

我，释放压抑已久
濒临崩溃的情绪
怒吼对黑暗的控诉
你插上了天使的翅膀
将我扭曲的心灵
从咆哮的巨浪里拯救出来
用博爱的情怀
悲悯天下

夜已深沉，你披着星光
脚步轻轻
依旧巡视在各个病房
病人看到你的笑容
才会心安
你像悬崖上不灭的灯塔
散发着温暖的光与热
将希望的火种
根植在病人的心中

无影灯下

无尽折磨，病痛缠身
绝望笼罩着患者的内心世界
白衣天使从天而降
麻醉药，安慰疼痛神经
手术刀，割掉致命的毒瘤
带着希望
让患者获得光明

生与死，只在一念之间
愁云笼罩着病患躯体
白色巨塔下
无数天使，降落人间
与时间赛跑
分秒必争抢救生命

无影灯下，寂静无声
手术器械在手中不停飞舞
几个小时的站立
汗水早已浸透衣裳
解除患者的痛苦
照亮内心重生的欲望
是天使美好愿望

今夜天使降临

月白风清时

这纷杂的世间
有多少痛苦和无奈
令病人神魂无主
你平凡又高尚
平凡如人世间的尘土
高尚却如暖心的阳光
心中慈爱满怀
日夜操劳从不抱怨

光亮的灯光下
不仅记录着生老病死
还见证着救死扶伤
你是耳鼻喉科医生
是一棵挺拔不屈的大树
竭尽全力，恪尽职守
你忠贞不悔为医奔忙
把全身心的精力
都用在治疗患者身上
你是拯救苍生的圣灵

永不放弃

震撼心灵，永不放弃
生活的勇气
卧室到客厅成为最遥远距离
不经意间
用常人没有的意志力
坚强地扛起人生
前行的大旗
从未对任何不公抱怨
用博爱的心胸
播洒生命的甘霖

真诚与希望，留下无数次感动
拖着疲惫身躯
披星戴月，诊治病人
于危难之中
经年累月历经寒暑
无私奉献，迎难而上
昼夜穿梭在诊室和病人之间
纯净的心，时空浓缩
延续生命伸展
是真情渴望，大爱仁心
在世间弘扬

人间充满感动

没有弥漫的硝烟
没有轰鸣炮火
更没有惊天动地
与无助的呐喊
这里有的，只是黎明
和夜晚的静悄悄

天使的眼睛闪着星星
针药是武器
手术刀是绝招
用智慧的头脑
和灵巧双手，给病人
带来生的希冀

坚定的脸上，透着刚毅
死神在你面前
一次次败下阵来
无影灯下肃穆凝神
重获新生
人间充满感动

爱充满世界

大自然生机无限
阳光将苦难和寒凉驱挡
凝聚的爱心，是不朽的力量
拨开阴霾和迷雾的
是爱心阳光
用淳朴对待病人
用圣洁诠释职业
涵养是我特有的品质
救死扶伤是我心中
神圣的宗旨

心怀浪漫宇宙
也珍惜人间日常生命
将救治的责任，扛在肩上
夜以继日，不辞辛苦
在危急的时刻挺身而出
"红十字"盾牌，激发出伟大力量
悬壶济世的决心
在此刻，更加坚定不移
努力用信仰继续坚守
医者仁心的担当

无限生机

大地，借助于芳草萋萋
显示它独具的魅力
和殷殷好客
生命的小船，遨游在大海
病魔如同一只
凶猛的野兽，猝不及防
迅速出击

人的生与死
乃是涡流的急速回旋
更广阔的胸怀
慢悠悠地在星辰之间运行
我是人间天使，正以无私的爱
拯救濒临绝望的心

火炬，燃烧唤醒真我
掌心，轻抚你额头
水般纯洁
不分昼夜的关爱
温暖话语在你耳边回响
瞬间，抚平你的哀伤
给予你无限生机

仰望那片天空

一个人，踯躅独行
仰望那片天空
蓝色天空，是手术衣
白色云朵，是诊疗室
湛蓝与洁白
勾勒出界线分明
又纯粹的色彩

我从山中走来
带回药草的芳香
一根银针，一碗药汤
护佑身心健康
凝练千年岁月砥砺
古老传说，神秘配方
带来了康复希望

白色城堡

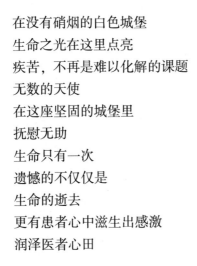

在没有硝烟的白色城堡
生命之光在这里点亮
疾苦，不再是难以化解的课题
无数的天使
在这座坚固的城堡里
抚慰无助
生命只有一次
遗憾的不仅仅是
生命的逝去
更有患者心中滋生出感激
润泽医者心田

无影灯已点亮，没有一丝阴郁
誓言在耳畔响起
奉献精神在心中熠熠发光
与病魔抗争
火速抢救，分秒必争
与生死较量
竭尽全力，换来生命奇迹
大爱无私让世界
充满阳光

爱心如花一般灿烂

面对病痛，她皱着双眉
心中充斥着愤世嫉俗
面对病人，她含着微笑
心中是团热烈的篝火
面对抑郁
爱心，如花一般
明媚灿烂

疾病有时易除
心病却总是难消
白天，他救死扶伤
用精湛的医术，拯救病患
夜晚，他下笔有神
用专业的知识
书写病历

白衣天使，可保全性命
文学诗文，能让精神永恒
社会如此内卷，竞争如此激烈
适者生存的法则
看似冷漠无情，实则是优胜劣汰
但爱心永恒

邂逅天使

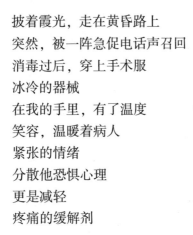

披着霞光，走在黄昏路上
突然，被一阵急促电话声召回
消毒过后，穿上手术服
冰冷的器械
在我的手里，有了温度
笑容，温暖着病人
紧张的情绪
分散他恐惧心理
更是减轻
疼痛的缓解剂

耳鼻喉疾患不必担心
您给我信任，我还您健康
我会驱散你心底寒冰
不言回报
将一次次生的希望
带给垂危的病人
邂逅上帝的天使
把你的灵魂带入人间
在无边无际天地漫游
整个世界都是我
神圣的疆域

爱心天使

当清晨的第一缕阳光
落在我的肩上
我知道，这是老天给予我
最好的奖赏
坚定地相信爱会战胜一切
病痛和慌张

我是圣洁的天使
正所谓自助者天助之
用善良和医术
守护在病人身旁
补全了充满遗憾的生命
我在艰难的世界里
帮助患者找回
对抗疾病的勇气

人们常说生活千疮百孔
曾几何时，让人丢掉一些
宝贵的品质
看着那些坚强的眼睛
你找不到
任何退缩的理由

无声告白

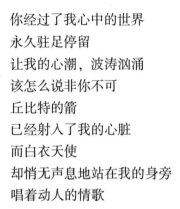

你经过了我心中的世界
永久驻足停留
让我的心潮，波涛汹涌
该怎么说非你不可
丘比特的箭
已经射入了我的心脏
而白衣天使
却悄无声息地站在我的身旁
唱着动人的情歌

我忘却了因爱而生悲的故事
心中只有甜蜜的浪漫
我抬头看着闪耀的星光
那里有我的爱恋
你的笑是我梦境中的诱惑
你窈窕动人的身影
在每一个午夜，挑拨着我的心
流水，仍旧在哗啦啦流淌
或许最真挚的爱，不需要多言
手捧着一束玫瑰
心中似乎有一个声音
默念着爱你

心中慈爱满怀

这纷杂的世界
有多少痛苦和无奈
令病人神魂无主
白衣使者，平凡又高尚
平凡如人世间的尘土
高尚如暖心阳光

心中藏着慈爱
日夜在病人
与病房之间来回穿梭
无影灯光之下
不仅记录着生老病死
还见证着救死扶伤

如一棵挺拔不屈的大树
竭尽全力，恪尽职守
忠贞不悔奔忙
把全身心的精力
都用在治疗患者身上
和拯救苍生圣灵

扁鹊后继有人

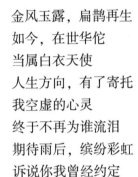

金风玉露，扁鹊再生
如今，在世华佗
当属白衣天使
人生方向，有了寄托
我空虚的心灵
终于不再为谁流泪
期待雨后，缤纷彩虹
诉说你我曾经约定

踟蹰不安的脚步
终于可以停歇
我知道，你已为我
摆设了一场生命的盛宴
彩虹为我作证
永恒誓约，千古不变
为生命神奇喜悦
为医者仁心高歌

天使照亮心房

看不见的硝烟
已点燃
这是健康争夺的战场
白衣天使，用生命呵护生命
在医患之间架起一座
希望和重生的桥梁
天堂和天使
听起来多么唯美
你没有翅膀，却可以
自由飞翔

你没有三叶草
却手捧无限希望
遵循南丁格尔的足迹
秉承白求恩精神
奔忙在生死线
使命与死神搏击
拯救生灵，划破黑夜阴霾
为生命之树剪枝修型
在宽敞明亮病房
给生命之躯
插上健康的翅膀

爱是小小的音符

我生病了，很幸运
因为，我还活着
这生命奇迹的产生
是白衣天使，辛苦的杰作

曾经，我年轻的生命
竟是那么脆弱
灵活的四肢
突然变得麻木，日子就成了
摆脱不了的寂寞

如果说，护士的爱
是飘落的小雨
那每一滴
都滋润着我干渴的心田

如果说，护士的爱
是小小的音符
那么每一句
都将我生命的琴弦
用爱弹拨

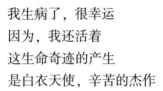

月白风清时

一朵祥云在病床边飘过

尽管我，遭受了人生
最大的磨难
尽管我，曾和死神
擦肩而过
但是
我却还活着

伟大无私的爱
在我周围
我被人间天使
默默守护着
黑夜，她们是忠诚的哨兵
为我站岗
白天，她们似一朵祥云
在病床边飘过

忘不了啊，那灵巧的手
只是在我的头上
轻轻抚摸
我的病痛就减轻了许多
神奇的医生，可爱的天使
让我感觉到生病

都是一种快乐

不平凡的经历
成就于平凡人之手
再小的水珠，也可以把
七彩阳光折射
因为有了你啊
我的精神
才没有随着肉体
一起萎缩

我生命的小船
在疾病折磨下
没有沉没
我要唱一曲天使的颂歌
献给所有医护工作者
一颗感恩的心
每时每刻
陪伴我的生活

陪伴在落日和黎明

一袭飘然白衣
衬托一颗纯洁心灵
一顶别致燕帽
守护健康和生命
南丁格尔的誓言
牢记心田

穿越生死线
用人性关怀受伤人员
救死扶伤的信念
早就融在每一名天使心中
脸上洋溢微笑
如春日里的一缕阳光
照亮患者渴望
健康的心灵

每当夜深人静
依然可以看到那些
巡视病房的身影
默默巡视，殷切关爱
给患者送去温馨
垂危情况时有发生

每当患者出现异常反应
那紧张抢救的双手
总会及时送一份希望
和鼓励的眼神

曾经脆弱的生命
经过天使
温暖话语的引领
似涓涓流淌的小溪
甘甜明净
面对不幸逝去的生命
她们给予最后的尊重

一个生命
从开始到结束
都有天使
忙碌陪伴的身影
在每一个黎明
和落日黄昏

月白风清时

化作人间仁爱的风

拂柳枝，掸甘露
你似观音菩萨，手持净瓶
勃勃生机被唤醒
化作人间仁爱的春风
黑夜不再蒙蔽
即将苏醒的黎明

暮色笼罩你，慈悲的身影
悬壶济世，普度众生
一步步，在崎岖小路间穿行
你是世间的启明灯
拯救一个又一个
即将倒下去的生命

面对顽疾，从不放弃
精湛的医术，让患者放心
含笑双眸
尽显亲人般的温情
岁月的风雨
摧残多少病体
你博爱天下，仁善悲悯
让病人的心更加笃定

奉献绝招，造福病人

没有硝烟和炮火
更没有惊天动地的呐喊
白色巨塔下
有的只是黎明
和夜晚的寂静

理想闪烁着曙光
针药是武器
手术刀是绝招
用智慧和双手
创造生命的奇迹

脸上透着刚毅
死神在你的面前
一次又一次
败下阵来
无影灯下肃穆凝神
你是患者最大的福音

鼻炎痒痒也入诗

总是忍不住抽吸
冷风、冷雨、冷空气
鼻痒折磨着你
任你喷嚏不止
涕泪长流
漫长的冬日
寒冷刺激
饱受痛楚侵袭

闻名而来，求助于你
听说你是名医
擅长医治疑难杂症
看似心不在焉询问了几句
却手到病除
治好鼻腔内的不适

仿佛迎来舒畅的春日
鼻炎的痛苦
在你精心治疗下除去
每个晨曦
都时常感念刘堤角那位
耳鼻喉科刘医师

纯　白

纯白的声音
此刻，再一次响起
纯洁纯粹之情操和美德
让病人不再忐忑
医者仁心大爱无疆
敬佑生命甘于奉献
是一位心灵独白者的坚守
用一颗洁白无瑕
和圣净有爱的心
将善音施播

踏一路诗香走过四季
诗心的梦想
扎根在齐鲁大地的沃野
我依然坚信天使真的存在
披着洁白的羽翼
带着爱的嘱托
在我的头顶上飞过
远处，一曲平和舒缓
且又曼妙的音乐响起
我听到一个纯白的声音在诉说
美好生活创造新世界

后　记

　　诗歌，文学百花园里的一朵奇葩，它于有形无形间徙倚；诗歌，文化领域美妙的一种艺术，它用最简练的语言诠释最丰富的内涵。

　　诗歌是一种抒情言志的文学体裁，是用高度凝练的语言表达丰富的情感。这种情感可以分为两类，一类叫积极情感，一类叫消极情感。积极情感是指对美好事物的追求、向往和热爱；消极情感是指对丑恶事物的憎恨、厌恶和逃避。积极情绪能够给人们带来向善向上的力量，而消极情绪则会给人们带来消极、颓废的影响。

　　我觉得诗人应该有一颗敏感而又善良的心，这种心使他能感受到别人无法感受到的东西。诗人应该有一种包容和博大的胸怀，只有这样他才能创作出伟大而又深刻、丰富而又优美、复杂而又和谐的作品。

　　另外，诗歌还可以分为抒情诗和叙事诗两大类。抒情诗是诗人用来表达自己内心感情的诗歌，这种诗歌往往带有强烈的抒情色彩；叙事诗是诗人用来表达现实生活中的事件、现象等内容的诗歌，这种诗歌往往带有比较强烈的时代生活色彩。

　　诗歌作为一种语言，它的魅力在于它可以运用文字来创造出一种意境。这种意境可以让读者身临其境，而不是抽象的文字符号。在我看来，诗歌就像一杯陈酿，只有当你真正读懂了它，才能从中品出味道来。

　　总之，诗人用语言来表达自己内心感情和反映现实生活中的

337

事件、现象等内容。每当我写诗的时候，我都会先了解诗句中所描写的画面，窃以为这是我诗歌创作的最重要的一个环节。

诗歌如此的美好与浪漫。可是，我的确是从诗集里一个字又一字地推敲过来的，亲自推敲过来的！何谓亲自？就是对诗集一个字一个标点地校对，诗歌分辑，编目录，调页面，既是诗歌集的作者，又是编辑者，还是校对者，集三者于一体，推敲得那么艰难又带劲，其中的每个过程都相当刻骨铭心，恍如烙在生命里的一串版画。

当我第一次动笔，真正意义上写诗歌时，就已经知道了写作的意义。我曾经想过，我的生命中如果缺少了诗歌这一精神滋养，那又会怎样呢？我的精神世界将会无所寄托。我在读一本书时，"诗歌可以给人以想象和联想，但是它不能像散文和小说那样让人去感受，因为诗歌中所描绘的意境和情感是抽象的。"书里的这句话触动了我，并使我陷入了沉思。

而当我真正去写诗时，才发现自己原来是那么热爱诗歌。诗歌真的可以说是一种艺术，不只是靠语言来表达，更重要的是要靠真实情感和意境渲染来感染人。我们通过诗歌可以感受到诗歌本身的魅力。所以，写诗歌是为了表达自己的内心情感和对生活的热爱。

我每每写诗歌的时候，也是在努力地生活。在这个世界上，我们不是谁的奴隶，更不是谁的主人，我们只能是自己的主人。每一个人都有权利去选择自己喜欢的东西，我写诗歌时，也希望有那么一天，能让世界上所有的人都能读懂我的诗歌，能够被更多的人理解，那将是我真正的快乐和幸福！

我希望我写的诗歌能得到大家的认可和喜欢，坚持梦想，让燃放的希望发光发热，这是我一个文学人应该做的事。诗歌是一种需要"言之有物"的艺术形式，只有"言之有物"才能感染读者，让读者受到启发。我在写这本诗集时，只是把自己的真实情感表达出来而已，并没有其他杂念，所以我写得很随意。记录下自己生活中的点点滴滴，当我们回首往事时，一定会发现自己年轻时，那是多么美好的一段时光啊！

《月白风清时》这是我第三部诗歌集，其内容可谓百花齐放，故事题材琳琅满目，情思健康向上。有的富含人生哲理，有的洋溢家国情怀，有的激荡时代精神，句句充满正能量。

本人曾将三部诗歌集交给四川省著名诗人赖杨刚老师审阅，赖老师评价《月白风清时》《纯白的声音》《白在白之内》是三部从灵魂深处缓缓浸出来的一首首歌。不论是雪落大地的苍茫；梨花开上枝头的灿烂；海上生明月的思绪；还是云朵飘在青山的隐身，鸟儿蓝天上翱翔……诗意的语言无不充斥着蒙太奇的纯真和浪漫。

赖老师说我的诗如同麻辣的火锅，味重、郁浓、滚烫。诗歌大多以抒情诗为主，充满正能量。字里行间流淌的皆是仁爱、温暖、光明、积极向上。追求原生态，不玩技巧，心中所思所想，从不拐弯就倾泻而出，势不可挡，很强劲地"挟诗情以飨读者"。

赖杨刚老师说品读我的诗歌，先研究好三部诗歌集这把钥匙。把每个部位都琢磨透，就万事大吉了。"纯"的反义词是"杂"。这个"杂"字适合于这本诗集的内容和题材，诗中的选材可谓包罗万象，有创业打拼，有欢度节日，有行业展示，有亲友互动，有文艺活动。总之，有百科全书的范儿。

诗歌的纯主要体现在情感纯，每首诗歌都是满满的正能量，是挚爱，是激情，是志向，是美好意象的大集合或小集合，表达方式也纯粹到直抒胸臆。

那么"白"呢？虽然三部诗集名称《月白风清时》《纯白的声音》《白在白之内》，取名用通感手法，但若作为对诗歌的统领，那"白"可不是一种色彩。这个"白"是广义的，可以是情感对白的"白"，可以是心灵独白的"白"，可以是理想告白的"白"。这"白"不可阻止，是诗人精神世界里蹦出的赞美辞、颂扬曲。

白色，多好呀，温和、安静、纯洁。它映衬得红橙黄绿青蓝紫更加绚烂夺目，也可以让诸多不堪的杂色，无处藏身。从这个层面上讲，白是善良的，是有原则有底线的，且端庄和稳重，就像医生们的纯白着装，色彩所象征的内涵，让病患踏实、安心……

我很感谢赖老师对我的诚恳评价。诗是人间的药，务必药到病除，不必那么多花招，那么多弯弯绕。抒情也是道自己的情，抒大众的意，感动了别人，也感动了自己。

的确，如赖杨刚老师所言：抒情的形式千般万种，直抒胸怀，也是一种，抒情的言语花香各异，耿直、浩荡，也是一格。捧着诗歌集，不管你是深读、浅读；快读、慢读；默读、朗读；正读、反读，甚至是误读、乱读，诗歌一直在心里。

我一直将纯洁和温暖牢记心间，以此激励和鼓舞自己仁爱对待患者。从热爱诗歌写作开始，愿做一个善于盛产阳光的人，四季如春。既给了别人灿烂，也温暖了自己。

倘若你对生活颓唐，感到不满，渴望孤岛上有个和你聊得拢的朋友，请翻开本诗集；倘若你对梦想感到饥渴，感到空虚，期待沙漠里有个赠予你清泉的伙伴，请翻开本诗集。

慢慢读！在字里行间遇见的我，会是另一个你吗？嗯，生命如逆旅，人人皆是行者！我们，一路携手诗香而行，生命中还有诗和远方。

这本诗集，我用了很多"我"字，希望大家不要介意。我更喜欢用"我"称呼自己，只有用"我"这个字，才能让人感受到你是一个真实的人。

在这里，我想对每一位读者说：我很真实，我爱你们！文学路上，正春华枝俏，待秋实果茂，与君共勉！